AF431086

La Houleuse

La Houleuse

Par Guillemette Allard-Bares

Copyright © 2013 Guillemette Allard-Bares

29 place de la Bouterie

69590 Saint-Symphorien-sur-Coise

Tous droits réservés

Imprimé par CreateSpace, États-Unis

ISBN : 979-10-95384-00-7

Dépôt légal : août 2015

À ma mère, qui m'a toujours soutenue pendant l'élaboration de ce roman.

À Sophie, partie trop tôt.

I.

Le tonnerre, qu'on entendait gronder au loin, tardait encore à s'abattre. Silencieuse, Amélie observait le ballet rapide, incessant, des essuie-glace contre le pare-brise, chassant les gouttes qui giflaient le verre et menaçaient d'obscurcir leur visibilité. Ne conduisant pas, elle observait ce va-et-vient d'un regard détaché, appréciant vaguement l'esthétique de ce qui aurait sinon été une source d'angoisse. À ses côtés, son mari, visage impassible et mains légèrement crispées sur le volant, partageait peut-être les mêmes impressions fugaces. Sans doute était-il plus préoccupé par la route. Sans doute était-ce souhaitable.

Le temps était lourd, l'air, au-dehors, chargé d'une certaine tension électrique. Elle l'avait perçue avant de se glisser dans la voiture, et la retrouvait un peu dans la pesanteur de leur silence, à peine troublé d'une toux ou d'un soupir. Jetant un bref coup d'œil vers le siège arrière, Amélie songea avec mauvaise conscience qu'elle aurait dû, au moins, trouver quelques mots pour mettre sa nièce à l'aise. Laura n'en paraissait pas perturbée. Les yeux dans le vague et ses mains fines serrées sur ses genoux, la jeune fille avait quelque chose d'étrangement statique ; cette impression ne se dissipa qu'à demi lorsque, croisant le regard de sa tante, elle lui décocha un petit sourire. L'instant de connivence soulagea Amélie de son vague sentiment de culpabilité.

Après tout, ils venaient à peine de la récupérer à la gare ; ils auraient tout le temps, par la suite, de discuter. Elle se retourna vers l'avant et vers son époux.

Ses yeux glissèrent — avec la fluidité, un peu lasse, un peu tendre, de l'habitude — le long du profil de ce dernier, sur ses mains toujours tendues sur le volant, accrochèrent le reflet d'une alliance puis se détournèrent une fois encore vers la vitre. Les yeux légèrement plissés, elle s'efforça de discerner, parmi les formes troubles, des paysages familiers. La pluie tombait sans discontinuer et semblait les enfermer dans un écrin de cuir et de chaleur, mi-confortable, mi-étouffant. Amélie aurait aimé en respirer l'odeur, faire coulisser la fenêtre et laisser quelques gouttes frapper son visage. Un éveil, peut-être, une fraîcheur réparatrice. Mais l'idée était fantasque et elle ne tendit pas la main pour la réaliser, croisant étroitement les doigts sur ses genoux tandis que la lassitude la gagnait.

L'arrivée était proche. Jean-Claude, son mari, prit un virage, ralentit, se gara. La ceinture d'Amélie se détacha avec un petit claquement sec, auquel deux sons identiques firent rapidement écho. Jean-Claude tendit un bras derrière elle pour se saisir d'un parapluie déposé sur le siège arrière, que Laura se pencha pour lui faire passer.

« Ce ne sera pas nécessaire, murmura Amélie. On est à deux pas.

— Deux pas sous une jolie douche », fit remarquer

Jean-Claude, en haussant les épaules.

Ils n'argumentèrent pas davantage. Sortant du véhicule, Amélie étira ses membres engourdis et cligna des yeux sous la gifle des gouttes, tombant plus dru qu'elle ne l'avait imaginé. L'odeur familière assaillit ses narines ; elle l'inspira à fond, ses cheveux collant déjà à ses joues. Jean-Claude et Laura se dirigeaient vers la maison, serrés sous le grand parapluie bleu. Mue par un subit instinct de contradiction, elle s'attarda, entrouvrit ses lèvres mouillées, songeant à la mer proche. Enfin, réveillée par le son des voix, elle se secoua et se hâta vers l'entrée.

Déjà ruisselante, Amélie demeura en retrait sur le pas de la porte, observant de loin les retrouvailles un peu maladroites de ses deux nièces. La frêle Laura, mûre et silencieuse, avec ses grands yeux graves, et sa cousine Matilda, plus jeune, plus énergique et d'une vitalité arrogante, ressemblaient à des contraires, voire à des pôles opposés que tout séparait. Après un instant de gêne, elles s'étreignirent cependant spontanément. L'une comme l'autre semblaient sincèrement contentes de se retrouver en famille, tout à l'excitation de l'arrivée.

Amélie aussi était heureuse d'être là, avec son mari et les deux jeunes filles. Quinze jours de vacances s'étiraient à présent devant eux, pleins de promesses : le soleil, l'abandon, la mer — et surtout, un peu de temps passé ensemble, pour apprendre à mieux se connaître. Elle sourit avec entrain, bien déterminée à ne pas laisser la moindre incertitude lui gâcher ces instants de paix.

Elle s'avança, une fois séchée, et suivit les autres dans le salon. Déjà, Jean-Claude avait rapporté les bagages de Laura, suggérait de l'aider à s'installer, parlait d'une salade pour le dîner. Les cousines, gentiment moqueuses, s'efforçaient de le faire s'arrêter, se poser quelques minutes. Jean-Claude leur sourit, de petites rides autour des yeux et une véritable lumière au fond de son regard. Sa femme songea, une fois encore, qu'il était fait pour avoir des filles, des princesses à choyer. Sa nature réservée momentanément mise de côté, il rayonnait du plaisir de recevoir ses nièces, de les avoir rien qu'à lui pour deux semaines, avant que leurs études, leurs vies, leur jeunesse ne les happent à nouveau. Ce n'était pas pour autant qu'elles parviendraient à le persuader, les enjôleuses, de tenir en place. Les bagages de Laura furent montés, les filles entraînées à l'étage, et Amélie suivit avec l'intention d'enfiler un tee-shirt sec.

À la réflexion, elle décida de prendre une douche. Amélie se glissa dans la chambre et ferma doucement la porte derrière elle. Les visages de ses nièces, leurs rires brefs, les gestes de son mari défilèrent sous ses paupières tandis qu'elle entrait dans la salle de bains et se déshabillait. Elle avait voulu, passionnément, ces retrouvailles en famille ; cependant, à présent qu'elle y était confrontée, un étrange sentiment de solitude l'envahissait et venait ternir sa joie. Ces moments lui échappaient. Tout passait, se succédait, s'effaçait — les regards et les mots. Elle observait ce qui l'entourait en spectatrice, consciente qu'il lui aurait suffi de tendre une main, de faire un pas pour opérer le rapprochement nécessaire. Elle demeurait pourtant immobile, pour l'instant. Seuls ses yeux les suivaient.

Observer, s'épier — ils se guettaient, Jean-Claude et elle, depuis quelques semaines un peu suspendues, depuis que leurs fils avaient quitté la maison, les laissant seuls l'un à l'autre. Oui, ils se guettaient — ou était-elle la seule à ressentir cette distance ? Il la percevait forcément aussi : cette sorte de vide étrange, flottant entre eux comme une ombre douce-amère, l'homme et la femme qu'ils avaient été et ceux qu'ils étaient devenus. S'il n'en était pas conscient, alors cela signifiait que quelque chose s'était brisé entre eux — ou plutôt s'était doucement éteint, sans choc et sans cassure. Un beau jour, elle s'était réveillée et avait réalisé ce qu'elle avait perdu. Évolution naturelle, construction d'une vie de couple stable ? Sans doute. Ils avaient été des amants, des époux, des parents, un équilibre subtil, précaire et délicieux, entre ces trois rôles simples et sublimes. Puis ils étaient devenus des parents seulement, entièrement, sans vraiment s'en rendre compte. Et les enfants s'étaient envolés, le moment venu, laissant derrière eux deux orphelins.

L'eau tiède glissait sur elle, et elle eut un frisson bref, appuya une épaule contre le mur le plus proche, respira à fond pour chasser l'angoisse diffuse qui s'insinuait en elle. Jean-Claude l'aimait — et elle l'aimait. Elle l'aimait avec force, conviction, attention — elle aimait chaque fragment de lui, chaque mot, chaque geste, chaque pudeur. Et elle l'aimait comme un souvenir, avec une nostalgie douce et mordante à la fois. Elle avait oublié comment regarder jusqu'au fond de ses yeux, ou était simplement trop effrayée de ne pas y trouver ce qu'elle cherchait. Ils avaient vieilli et vieilliraient encore, côte à côte. Il ne leur manquait qu'une petite étincelle pour se retrouver. Le savait-il ? Le désirait-il ?

Mais ils étaient ensemble, songea-t-elle farouchement. Quoi qu'il arrive, ils étaient ensemble, unis dans leur passé, leur amour, leur avenir — leur famille. Des liens puissants qu'aucune tension, aucune disharmonie ne venait distendre. Il leur fallait juste du temps, et du courage — ils auraient des deux et en abondance. Des années passées côte à côte, sans doute. Mais des années qu'ils ne devaient pas faire l'erreur de croire acquises. Un mauvais coup de volant, un peu plus tôt, et tout aurait pu se terminer sans prévenir, absurdement. Ils le savaient, dans la famille, que les coups du sort arrivaient, qu'on pouvait, d'un seul coup, se retrouver au bout du chemin. Ils l'avaient vécu.

Amélie revit le pâle visage de Laura, dans la voiture, immobile et songeuse. Elle y avait pensé, peut-être, à cette sombre et omniprésente éventualité, à la vanité des espérances humaines. Laura, si discrète, si calme, encore et toujours inaccessible. C'était un peu pour elle qu'Amélie avait suggéré ce séjour, pour pouvoir mieux la ressentir. Elle et l'impétueuse, un peu capricieuse Matilda, de deux ans sa cadette et son parfait opposé. Très occupée de ses propres enfants et de sa propre vie, Amélie n'avait, jusque-là, connu ses nièces que de loin, avec une tendresse un peu impersonnelle. Elle voulait passer plus de temps avec elles à présent. Elle n'avait jamais eu de filles.

Elle se sécha et se rhabilla avec des gestes lents, redescendit l'escalier, s'arrêta sur le pas de la porte de la salle à manger. De là où elle se tenait lui parvenaient les éclats de voix de Matilda, son rire, et des bruits d'assiettes entrechoquées. La jeune fille virevoltait dans la cuisine comme une véritable mini-tornade, débordante d'activité. De temps à autre, on entendait également la voix grave de Jean-Claude, qui lui lançait une instruction ou un avertissement — ou bien riait de sa frénésie. Laura, assise immobile sur le canapé, souriait, juste un peu crispée. Lorsque Amélie entra dans la pièce, elle tourna la tête vers elle et lui adressa un petit signe. Sa tante se laissa tomber à ses côtés, écoutant le vacarme avec nonchalance.

« Besoin d'aide ? lança-t-elle au bout d'un moment.

— On s'en sort ! » rétorqua Matilda, qui traversa la pièce en deux bonds pour aller déposer une pile de couverts sur la table.

Laura secoua légèrement la tête, amusée. Amélie s'était relevée, et elle s'avança jusqu'à la cuisine, s'appuya contre l'encadrement de la porte. Son mari, debout devant l'évier, coupait des légumes avec des gestes précis et fluides, des ingrédients soigneusement disposés devant lui. Il était si ordonné, réfléchi, précautionneux — tellement silencieux aussi. Il lui jeta un bref regard, puis reporta son attention sur ses tâches, et Matilda se glissa de nouveau dans la pièce, ses cheveux ondulant au rythme de ses mouvements saccadés. Amélie s'écarta pour la laisser passer, amusée par son babillage.

Songeuse, elle observa Matilda batifoler autour de la cuisine. L'adolescente, animée et excitée, semblait d'un seul coup beaucoup plus jeune — et aussi sans doute plus touchante que la version un peu blasée que ses parents leur avaient déposée le matin même. Elle dégageait une énergie impérieuse, hyperactive, qui attirait automatiquement l'attention ; elle riait fort et semblait trouver normal et évident qu'on la remarque, qu'on se préoccupe d'elle. Amélie esquissa un sourire. À cet âge — dix-sept ans, la frontière de l'âge adulte —, elle avait été plus effacée, plus responsable aussi. Un peu gâtée, un peu agaçante, Matilda avait cependant quelque chose de désarmant, comme une candeur sous ses poses de jeune femme libérée. Le mot l'aurait rebutée, à n'en pas douter. L'innocence était devenue un peu honteuse.

Elle fut bientôt tirée de sa rêverie, comme Matilda glissait son bras au creux du sien pour l'attirer de nouveau vers la salle à manger. Pendant qu'elle était perdue dans ses pensées, Laura avait mis la table, et

Jean-Claude presque terminé la préparation du repas.

Amélie se laissa entraîner, docile. En prenant place entre ses deux nièces, elle éprouva une soudaine bouffée d'optimisme. Rien n'avait changé depuis ses réflexions désemparées, à l'étage, un peu plus tôt — Jean-Claude et elle n'avaient échangé que de brefs regards —, mais elle avait deux précieuses jeunes personnes à mieux découvrir, éclatantes chacune à sa manière. *L'autre est-il une manière de se distraire de soi ?* lui murmura une petite voix. Elle la chassa avec un froncement de nez.

II.

Matilda tapota la vitre de ses ongles longs, observant la morne chute de la pluie sur le jardin. Collée tout contre la fenêtre à scruter un extérieur qui, pourtant, n'avait de toute évidence aucun intérêt, elle se faisait l'effet d'un lion en cage. Le rythme qu'elle martelait du bout des doigts s'accéléra nerveusement, un peu rageusement.

La petite maison au bord de l'océan avait déjà perdu le charme de la nouveauté pour elle. De toute manière, elle s'y était déjà maintes fois rendue durant son enfance, et la joie des retrouvailles avec son oncle, sa tante et sa cousine n'avait représenté qu'un intermède. Ils étaient adorables, tous les trois, mais ne lui offriraient guère de distractions. Que lui restait-il donc, pour occuper ce séjour ? Des promenades sur des plages désertes.

Il aurait fallu s'y attendre, mais elle avait accepté l'invitation de Jean-Claude et d'Amélie sans vraiment réfléchir. Elle n'y repensait pas sans amertume. Elle les aimait beaucoup, là n'était pas la question, mais ils étaient… un oncle et une tante. Elle ne pouvait pas sérieusement espérer d'eux qu'ils la divertissent. Quant à Laura, sa cousine, les deux jeunes filles ne s'étaient jamais particulièrement bien entendues. Elles étaient différentes, très différentes, et se fréquentaient sans se comprendre ; Matilda la trouvait perturbante, avec ses silences permanents, ses fins sourires et les ombres au fond de ses yeux. Elles n'avaient tout simplement pas grand-chose à se dire. Ce qui laissait Matilda bien esseulée et assez frustrée, réduite à ruminer son triste sort, les dents serrées, en regardant tomber la pluie.

La jeune fille s'écarta brusquement de la fenêtre, trop excédée pour rester immobile une seconde de plus. Traversant sa chambre à grands pas, elle sortit sur le palier, qu'elle balaya d'un bref regard avant de dévaler les escaliers. Elle allait se trouver un peu de compagnie, n'importe qui, pourvu que cela lui apporte un changement. Après tout, il ne coûtait rien d'essayer.

Elle entendit, dans le salon, des voix masculines ; un sursaut de curiosité l'entraîna aussitôt dans cette direction. Elle n'avait pas imaginé qu'ils puissent avoir des visiteurs, et ça, c'était potentiellement intéressant. Elle trouva son oncle en grande conversation avec un autre homme, qu'elle ne pensait pas connaître — ce qui semblait assez naturel, au vu du peu de temps qu'elle avait passé dans la région auparavant. Il avait les traits rudes et l'air un peu rébarbatif, et Matilda le jugea *a priori* peu digne d'intérêt. Malgré cette déception, elle demeura appuyée contre l'encadrement de la porte, et, espérant un bref dérivatif à son désœuvrement, interpella son oncle :

« On a de la visite, à ce que je vois ? »

Les deux hommes levèrent la tête vers elle. Le second était peut-être plus jeune qu'elle ne l'avait pensé au premier abord ; il la fixa d'un air impassible, comme s'il attendait quelque chose. Elle le trouva bizarre, et reporta son attention sur son oncle.

« Paul est venu me parler bateaux, expliqua ce dernier. Paul, voici ma nièce Matilda. Elle et sa cousine sont venues passer deux semaines ici.

— Bonjour, dit le dénommé Paul.

— Bonjour », répondit machinalement Matilda.

Elle ne connaissait rien aux bateaux, et n'y voyait guère d'intérêt. Cependant, alors qu'elle se détournait déjà à demi, Jean-Claude poursuivit, s'adressant de nouveau à son vis-à-vis :

« Tu pourrais peut-être emmener mes nièces faire un tour à l'occasion ? suggéra-t-il. J'ai peur qu'elles ne s'ennuient un peu ici, au bout d'un moment… Il n'y a pas tant de choses à faire dans les environs, à part se promener, se baigner et regarder le paysage… »

Il sourit à Matilda, qui lui rendit son sourire, bien qu'elle ne fût guère plus tentée par la perspective d'aller se balader sur les vagues à bord d'un vieux bateau. Elle supposa qu'elle aurait dû être reconnaissante qu'il s'efforce de lui procurer une distraction.

« Mais bien sûr, répondit Paul.

— Je sais que Laura aime la photo, continua Jean-Claude. Ça pourrait certainement lui plaire.

— Je lui en parlerai », intervint Matilda, un peu intriguée.

Elle ne savait pas du tout que sa cousine s'intéressait à la photo — ce qui n'était guère surprenant, car elle n'avait par ailleurs aucune idée de ce qui pouvait bien la passionner. Elle pourrait lui poser la question, se dit-elle vaguement en quittant la pièce et en remontant les escaliers. Mais Laura était tellement réservée que Matilda ne communiquait que très peu avec elle. Elle la trouvait bizarre ; d'une certaine manière, sa cousine l'intimidait, ou du moins la perturbait. Elle semblait tellement inaccessible, et lui rappelait des murmures familiaux anxieux, angoissés, des drames lointains, des silences impénétrables. Tout cela représentait une réalité parallèle à la sienne, qui la dépassait, et elle ne souhaitait pas tenter d'en apprendre plus.

Pourtant, elles étaient ici ensemble, pour partager ces vacances, cet été. Laura était bien présente, diaphane mais souriante et posée, répondant calmement aux questions d'Amélie sur ses études, ses projets. C'était peut-être l'occasion ou jamais de découvrir cette cousine d'une douceur distante. Une partie de Matilda était attirée par cette idée, tandis que son côté égoïste et avide de vie y opposait un malaise vague, informulé.

S'arrêtant sur le palier, elle hésita une fraction de seconde, les yeux rivés sur la porte d'en face, avant de retourner finalement dans sa propre chambre.

Laura plia soigneusement la feuille qu'elle tenait entre ses doigts, la lissant avec application après chaque manipulation. Un nouveau pli, puis un autre et encore un autre — et un oiseau de papier reposa, léger, au creux de sa paume. Elle le tint avec délicatesse, les yeux à présent perdus dans le vague. Il frémissait, en équilibre instable.

Elle ferma les yeux et respira lentement, profondément, laissant le calme de ce moment l'envahir tout entière. Elle était heureuse d'être ici. Le murmure de la pluie contre les carreaux de sa fenêtre était comme une berceuse, douce et monotone, apaisante. L'océan était proche et la maison tranquille. Son oncle, sa tante, sa cousine s'y trouvaient, profitant tout simplement de ces vacances ensemble. C'était agréable de les savoir là, si proches, de les côtoyer en toute simplicité.

Laura avait toujours été très entourée par le clan familial. On l'avait soutenue, surveillée et on lui avait bien fait savoir qu'elle n'était pas seule, qu'elle ne le serait jamais. Cependant, elle avait depuis longtemps perdu l'habitude de se sentir soudée à un groupe, y trouvant sa place comme une évidence. Une distance s'était instaurée, il y avait des années déjà, un abîme que rien ne ferait jamais tout à fait disparaître. Elle était toujours un peu rentrée quand elle parlait aux autres ; il y avait, au fond de leurs regards, une arrière-pensée permanente, une pitié ou une vague inquiétude, qui la crispaient et la laissaient sur la défensive.

Pourtant, Amélie et Jean-Claude avaient quelque

chose de différent. Sa tante ne donnait pas l'impression de se forcer avec elle, elle était juste elle-même : douce, à la fois gaie et calme — le genre de personne qui vous mettait à l'aise en toute simplicité. Son oncle... Son oncle lui rappelait son père. Quant à Matilda, elle se montrait toujours débordante d'énergie, avide de vivre, complètement inconsciente des difficultés ou des tourments de l'existence. Elle était sans doute épuisante, mais également attendrissante à sa manière, et si vive et impulsive qu'on avait envie de se laisser entraîner dans ses lubies.

Elle se sentait bien avec eux, plus détendue qu'à l'accoutumée. C'était perturbant, bien sûr, mais aussi exaltant. Elle avait envie de passer du temps en leur compagnie, d'apprendre à mieux les connaître. De les observer et de deviner leurs réactions, d'écouter leurs mots et leurs silences. Elle se ferait petite souris, comme à son habitude : elle était discrète, très discrète, peu loquace, avec de trop grands yeux pour son fin visage. Mais elle avait l'intuition qu'ils ne lui poseraient pas de questions. La famille, après tout, en savait déjà assez. Elle guérissait. Elle était là. Peut-être était-ce le bon moment, ce séjour, à cette période, avec ces personnes — le moment de baisser enfin un peu sa garde. Elle était lasse du qui-vive, de devoir sans cesse rassurer, montrer qu'elle allait mieux.

Oui, c'était sans doute le moment juste — une transition, une lente ouverture. Quinze jours de vacances, et puis elle partirait. Son avenir était tout proche, presque à sa porte. Elle vivrait seule, étudiante, jeune fille catapultée dans la vie adulte… Seule avec elle-même. Cette idée l'emplissait d'une terreur surexcitée. Elle allait vivre, grandir et se construire, plus forte… Elle *devait* vivre. Elle le devait à beaucoup de gens, sur cette terre, et pas seulement. Elle le devait à la mémoire de son père, et, plus que tout, à elle-même.

III.

Le pont qui tanguait sous ses pieds, dans la houle, lui donnait une sensation très perturbante. Bien que son équilibre ne fût absolument pas compromis, Matilda éprouva le besoin de s'agripper au bord du bateau, le serrant étroitement entre ses doigts. L'océan grondait tout autour d'eux, les vagues se jetaient contre l'embarcation en de grands mouvements sourds, sans réelle violence — comme une force naturelle qui s'exerçait, totalement indifférente à leur présence, et les ballottait tels des fétus de paille.

Elle leva les yeux. Paul était absorbé par les cordages, une manœuvre quelconque qu'elle ne chercha pas à comprendre, et ne prêtait aucune attention à ses passagères. Il avait la tête penchée, les traits figés dans une concentration intense qui n'avait pourtant rien de forcé. Le regard de la jeune fille fut attiré par ses mains, aux gestes tour à tour lents ou fluides, mais d'une précision invariable. Elle déglutit et fronça un peu les sourcils, surprise et agacée de sa propre réaction. L'homme semblait moins balourd sur mer que sur terre. À chacun son élément, après tout.

Laura s'approchait d'elle. Alors que Matilda osait à peine faire un pas, sa cousine ne semblait pas partager cette anxiété : elle se déplaçait d'une démarche un peu aérienne, comme si le balancement sous leurs pieds représentait une sorte de trêve vis-à-vis de la pesanteur, et qu'elle se trouvait entraînée par les flots, bougeant sans crainte et sans entraves. Elle lui adressa un sourire qui semblait bien différent de ceux qu'elle affichait d'habitude. Ils étaient normalement plus fins, plus éphémères — des sourires faciles, en somme. Ils avaient presque quelque chose d'un masque, ou du moins d'une offrande de surface, qui ne touchait pas son regard. Mais aujourd'hui, Laura souriait avec une joie sincère, et ses yeux sombres avaient un éclat différent, un peu fragile.

Matilda lui rendit son sourire ; la jeune fille battit des paupières et détourna la tête, comme si ce bref instant l'avait dénudée. Elle regarda la mer, ses doigts se refermant autour du bord du bateau. Ses cheveux voletaient dans la brise. La terre semblait déjà lointaine.

« Ça va, pas de mal de mer ? s'enquit la voix de Paul derrière les cousines.

— Ça va, murmura Matilda, peu désireuse de développer.

— On peut bouger sans problème. Vous ne risquez pas de tomber », ajouta-t-il d'un ton rassurant.

Comme pour illustrer son propos, il traversa l'embarcation pour se rapprocher d'elles.

« C'est votre premier tour en bateau, toutes les deux ? »

Elles répondirent par l'affirmative. À présent, Laura fouillait dans son sac pour en extraire un petit appareil photo. Elle prit plusieurs clichés de la mer, de la plage loin à l'horizon, du ciel, puis se retourna et, sans demander de permission, entreprit de cadrer sa cousine. Bien que surprise, Matilda se prêta au jeu, secouant sa chevelure dans le vent, enchaînant ses meilleures poses de petite lolita à l'eau de rose. Elle en oublia momentanément la présence de Paul, silencieux, dans son dos.

Laura finit cependant par reporter son attention sur ce dernier, remerciant Matilda d'un sourire. Il parut complètement décontenancé de se retrouver à jouer les modèles, et se détourna pour se remettre à ses cordages, visiblement mal à l'aise. La jeune fille s'approcha, toute timidité oubliée, et prit en photo ses longues mains industrieuses. Matilda n'était donc pas la seule à les avoir remarquées. Elle rougit un peu à cette pensée, nerveusement, et se traita d'idiote. Elle ne s'était pourtant jamais connu un sens esthétique particulièrement développé.

Sans plus de cérémonie, Laura rangea son appareil et vint s'asseoir par terre, le dos pressé contre la coque du bateau, la tête légèrement tournée pour pouvoir apercevoir les vagues par-dessus le bastingage. Matilda, entre-temps, s'était habituée à se déplacer avec prudence, constatant que son appréhension était en fait dépourvue de fondement. Elle put donc s'avancer vers sa cousine avec une relative aisance, se penchant un peu, machinalement, pour s'adresser à elle.

« Ça ne doit pas être franchement confortable,

comme position, fit-elle remarquer.

— Je t'assure que si. Je sens un peu les vagues, contre mon dos », répondit tranquillement Laura, clignant des paupières dans la lumière du soleil.

Matilda se laissa glisser au sol et s'assit près d'elle, sans vraiment savoir pourquoi. Elle qui avait été si sûre de s'ennuyer tout autant sur un bateau que sur la terre ferme se sentait un peu perturbée : chaque geste pourtant anodin lui semblait complètement différent. On aurait dit qu'elle avait perdu ses repères, et se voyait forcée de tout redécouvrir. Avec un peu de temps, elle s'y habituerait et tout ceci perdrait de sa saveur, sans aucun doute. Pour l'instant, cependant, elle était suspendue au-dessus de l'eau, sur ce qui n'était finalement qu'une coque de bois, et le monde se mouvait autour d'elle, sous ses pieds, dans les profondeurs.

« C'est bizarre, dit-elle à voix basse.

— Très bizarre », répondit Laura du même ton songeur, un ton d'évidence, comme si elle savait exactement à quoi Matilda faisait allusion.

C'était pourtant une masse confuse d'impressions, qu'elle n'aurait su vraiment définir : la mer, le mouvement perpétuel, l'immensité, leur petitesse et ces regards qu'elles échangeaient, comme si elles étaient très proches de se comprendre, et pourtant si loin. L'inconnu du monde, l'inconnu de l'autre et l'inconnu d'elles-mêmes. Voilà qu'elle se faisait philosophe, songea Matilda avec dérision, s'en voulant un peu de ce trouble qui l'envahissait. Elle n'avait rien d'une sentimentale. Tout cela n'était qu'une virée en bateau, une cousine qu'elle connaissait à peine, et un vague ami de son oncle. Rien de frappant, rien qui mérite une attention spéciale, une nouvelle perception, un besoin de retenir son souffle.

Elle leva la tête et plissa les yeux contre les rayons, observant la silhouette tranquille de Paul, toujours concentré sur son travail. Il se redressa au moment où elle se focalisait sur lui, s'avança vers le bord du bateau, observa les vagues. Les embruns devaient lui cingler le front. Il était grand, les traits durs, et n'avait rien de particulièrement séduisant. Rien de conventionnel, en tout cas — rien qui puisse se capturer avec des mots. Figé et grave, il ressemblait à une image statique. Le ventre de Matilda se contracta légèrement.

Il fallait bien se l'avouer, l'océan avait un charme étrange, un peu mystique, qui s'exerçait sur elle depuis leur départ. Elle oublierait tout cela très vite, dès qu'elle toucherait à nouveau terre, qu'elle rirait et parlerait fort, se retrouvant avec un soulagement presque douloureux.

L'océan avait une magie qu'il devait sûrement connaître. Ou peut-être pas. Mais cela n'avait, après tout, guère d'importance pour elle.

IV.

Matilda appuya légèrement la paume de sa main contre la porte, demeura immobile une poignée de secondes. Puis elle s'agaça de sa propre hésitation. Elle frappa, deux coups brefs qui résonnèrent.

« Entrez ! » lança-t-on à l'intérieur.

Elle se glissa dans la chambre de sa cousine.

Son regard balaya pour la toute première fois la pièce, et d'entrée, elle fut frappée par l'ordre qui y régnait. Sa chambre à elle n'aurait pourtant pas pu être qualifiée de capharnaüm. Elle était propre, en tout cas, et on pouvait s'y déplacer sans crainte de marcher sur quoi que ce soit, ou bien y retrouver assez aisément un objet précis. Mais elle s'était emparée des lieux, avait marqué ce territoire, bien que temporaire, de sa personnalité : bibelots, vêtements, affaires en tout genre étaient disséminés çà et là, un meuble ou deux arrangé selon sa convenance. La chambre de Laura, elle, semblait à peine occupée. Le lit était fait, une valise bien alignée à son pied ; le placard était fermé. Sur la table de chevet gisait un livre solitaire. Laura elle-même, appuyée contre la fenêtre, la regardait en silence. Elle lui sourit.

« Salut, dit-elle.

— Salut… Je n'ai pas eu l'occasion de revoir les photos », répondit très vite Matilda.

25

Laura ne haussa pas les sourcils, ne fit pas remarquer qu'elle avait montré tous les clichés à Jean-Claude et Amélie, un peu plus tôt, et que sa cousine aurait très bien pu en profiter pour y jeter un coup d'œil. Elle se contenta de s'avancer, de prendre son sac sur une chaise, d'en sortir l'appareil. Matilda s'assit sur le lit et, après une très brève hésitation, Laura la rejoignit. Elles se penchèrent toutes les deux en avant.

Sur ce petit écran rectangulaire, la mer n'avait pas le même pouvoir, la même présence presque magnétique. La beauté des images était cependant incontestable. Ciel et flots s'étendaient à perte de vue, bleu contre bleu. Un nuage errait, incertain. La grand-voile se détachait, floue dans le vent. Matilda riait, grimaçait, virevoltait, entourée du halo de ses cheveux, de l'éclat de sa jeunesse insouciante. Les mains de Paul manipulaient des cordages ; on apercevait son visage baissé, le pli de sa bouche, un sourcil froncé, une ombre sur sa mâchoire.

« Je ne savais pas que tu faisais de la photo », remarqua Matilda pour dire de parler.

Sa cousine haussa les épaules.

« On ne peut pas vraiment dire que j'en fais, pas sérieusement. J'aime bien regarder, c'est tout. »

Elle ajouta après un court silence :

« Je ne suis pas tellement douée. Les choses, les gens… Il y a tellement à voir, mais c'est difficile de rendre les impressions que ça donne sur le moment. »

Matilda hocha vaguement la tête. Elle parcourut de nouveau les photos, et comme l'avait dit Laura, ce fut comme si ses sensations d'alors lui revenaient lentement. C'était comme un écho, clair et lointain à la fois, un courant qui passait dans les profondeurs.

« Maintenant, on va te faire immortaliser toutes les vacances, plaisanta-t-elle d'une voix un peu faible, troublée malgré elle.

— J'aimerais beaucoup. »

Laura se tourna un peu plus dans sa direction.

« J'aimerais vous prendre, tous les trois. Juste pour les souvenirs, ajouta-t-elle. Je n'ai pas beaucoup de photos de vous.

— Tu dois en avoir plus des grandes réunions où on s'ennuie toujours à mourir, non ? rétorqua Matilda. C'est différent quand on est moins nombreux... et qu'on vient seulement parce qu'on en a envie, sans y être obligés ! Mon père refuse qu'on rate la moindre réunion de famille... »

Elle se tut un peu trop brusquement. Laura ne parut pas le remarquer.

« Oui, dit-elle. Quand on a plus le temps, aussi, c'est différent. Mais on se pose toujours un peu les mêmes questions, les enfants de l'un, les études de l'autre. C'est franchement... impersonnel. Comme si on n'était qu'un morceau de la famille, pas une personne unique, à part entière. On ne cherche pas réellement à se connaître... »

Matilda acquiesça, décontenancée. Elle aurait cru, justement, que Laura, toujours si réservée, se sentirait plus à l'aise dans l'impersonnel. Apparemment, elle avait tort. Cette constatation n'était jamais agréable pour personne, et la jeune fille s'en trouva tout particulièrement perturbée et agacée. Analyser les gens n'était pas dans sa nature : elle les prenait comme ils étaient, ou semblaient être, sans se poser de questions. Les personnes secrètes et silencieuses, voire énigmatiques, celles qui restaient à l'écart et ne se laissaient guère approcher, l'ennuyaient plus qu'autre chose. Matilda s'ennuyait vite, de manière générale : elle papillonnait, s'éparpillait, nerveuse face à l'inconnu et ne brillant pas par sa patience. C'était son caractère, et cela lui convenait très bien. Elle avait mieux à faire que de se tourmenter l'esprit.

« Alors, ça ne te dérange pas que je te prenne en photo ? reprit Laura, interrompant ses réflexions. Jean-Claude et Amélie aussi, bien sûr, mais ce sera moins facile de les convaincre. Toi, j'ai eu l'impression que ça te plaisait bien. On pourrait essayer dans la maison, sur la plage, un peu à tous les endroits où on va passer du temps pendant ce séjour... Qu'est-ce que tu en penses ? Je ne voudrais pas t'ennuyer non plus...

— Non, ça me va, j'aime bien l'idée », répliqua Matilda.

Elle eut un petit sourire, amusée par l'idée de servir

de fil conducteur aux pérégrinations photographiques de sa cousine. Être le centre de l'attention ne lui faisait pas peur ; au contraire, c'était selon elle une position plutôt flatteuse. Ça lui plaisait de se donner un peu en spectacle, de jouer et d'attirer les regards. Elle s'en trouvait mise en valeur, importante. Un peu de vanité ne faisait de mal à personne, après tout.

« C'est drôle, les photos, dit Laura, penchant la tête pour en détailler certaines. Parfois, on dirait qu'on n'est pas tout à fait la même personne.

— Tu trouves ? s'étonna Matilda, qui jeta un nouveau coup d'œil aux clichés la représentant. Moi, je pense que c'est assez ressemblant…

— Parfois, oui. Parfois c'est comme si on jouait un personnage… répondit-elle, pensive. Tu as déjà fait du théâtre ?

— J'ai essayé une fois, pour m'amuser. Mais je n'ai pas été sélectionnée dans la pièce. »

Matilda haussa les épaules d'un air désinvolte, chassant le souvenir de cette déconvenue déjà ancienne, qu'elle considérait comme appartenant à une enfance maintenant révolue. Cela n'avait été qu'une lubie, mais son amour-propre en avait souffert. Elle avait assez grandi, à présent, pour n'accorder que peu d'importance à de telles préoccupations, songea-t-elle avec une légère arrogance.

« Et toi ? demanda-t-elle machinalement.

— Un peu… »

Laura faisait défiler les photos sur l'écran d'un air absent, en se mordillant la lèvre inférieure.

« C'est agréable. Un peu comme changer de peau, tu sais ? Tu te glisses en quelqu'un d'autre, et pourtant ça te paraît complètement naturel. C'est fou, quand on y pense. »

Matilda se leva d'un seul coup, lasse de regarder sa cousine tripoter l'appareil. Elle fit quelques pas dans la pièce, avec un haussement d'épaules.

« Oui, ç'a l'air intéressant… Mais je ne vois pas trop le rapport avec la photo.

— Le fait de se défaire de soi, répondit Laura. Parfois, tu es vraiment coincé dans ta peau et ça te paralyse. Tu es enfermé dans l'image que tu as de toi, alors même que tu ne peux pas vraiment te voir. Mais parfois, tu oublies qui tu es, tu oublies la personne en face de toi, en train de te regarder. Tu poses comme si tu devenais quelqu'un d'autre, comme s'il n'y avait plus de raison d'avoir peur. »

Elle marqua une pause.

« Je me demande bien pourquoi je te raconte tout ça.

— Mmm », marmonna Matilda.

Écoutant sa cousine d'une oreille, elle s'était approchée de la table de chevet et avait ramassé le livre qui s'y trouvait.

« Racine, lut-elle. L'intégrale de Racine ? C'est une blague ! Tu as des devoirs en retard ou quoi ? À ce niveau-là, ça devient du masochisme…

— Non, en fait, j'aime bien… »

Laura eut un petit rire.

« Je sais que ça paraît bizarre. En général, Racine, on pense toujours que c'est assommant… Mais je ne vois pas vraiment pourquoi. Ça n'a rien d'ennuyeux, c'est plein de sentiments d'une violence folle. Les gens s'aiment, deviennent fous, se déchirent et se tuent. C'est très extrême, comme lecture, ça te défoule presque de tes propres émotions. Et bien sûr, tout est en alexandrins. Ça crée une espèce d'harmonie, comme si toute la beauté et toute la rage du monde étaient concentrées dans chaque vers — en douze syllabes, pas un mot de plus. "Songez-y bien : il faut désormais que mon coeur, s'il n'aime avec transport, haïsse avec fureur" », murmura-t-elle.

Matilda cligna des yeux et reposa l'ouvrage.

« Chacun ses goûts… marmonna-t-elle.

—Tu as déjà aimé quelqu'un ? » demanda Laura à brûle-pourpoint, se redressant pour la fixer dans les yeux.

Prise au dépourvu, Matilda rejeta ses longs cheveux en arrière.

« Tu te rattrapes pour toutes les années où on a à peine échangé trois mots ? » s'enquit-elle, d'un ton assez désinvolte pour faire illusion.

Laura hésita, haussa les épaules, ses joues rosissant un peu. Sa cousine crut voir sa bouche se crisper.

« Désolée. Ça doit être tous ces changements qui me montent à la tête, déménager, les études… L'excitation me fait bavasser sur tout ce qui me passe par l'esprit. Ne fais pas attention, dit-elle avec un petit rire de dérision.

— Non, je ne crois pas », répondit Matilda après un instant de silence.

Laura haussa les sourcils.

« Tu ne crois pas quoi ?

— Avoir déjà aimé quelqu'un. Après tout, qu'est-ce que ça veut dire, aujourd'hui, aimer… J'ai été avec quelques garçons, mais rien de flamboyant. Je m'en suis vite lassée. Les *transports*, c'est bien un truc de roman, ajouta-t-elle d'un ton désabusé. Il n'y a que les gamines qui rêvent de ça, non ?

— Je ne sais pas… »

Laura s'était laissée retomber sur le dos, sur le lit, les yeux dans le vague.

« Je ne rêve pas beaucoup. Certainement pas à l'amour. Je n'ai pas grand-chose à donner, je pense.

— Pourquoi ?

— J'aurais peur », répondit-elle d'une voix sourde.

Matilda dévisagea sa cousine, un peu interdite. Elle avait l'impression d'effleurer du bout des doigts une part secrète, intime, dont elle n'avait jamais été que très vaguement consciente et qui lui était à présent offerte, simplement parce qu'elle était là, au bon moment. Elle se sentait mal à l'aise et étrangement fascinée, prise du désir d'écarter un peu plus le masque familier. Il fallait pour cela dépasser la pudeur, mais aussi d'autres freins, d'autres réticences. Une image lourde de sens pesait sur Laura : elle avait longtemps été résumée à une série de mots précis, glacés — orpheline, anorexique. Depuis des années, sa mère et elle représentaient la partie brisée de la famille. C'était là tout ce qu'on savait d'elle, comme si c'était assez. Elle était une crise à gérer, ou, pour les moins proches, à appréhender avec crainte et pitié. Il fallait l'aider et l'entourer, la soutenir, la surveiller.

Matilda était toujours demeurée à l'écart de ces conciliabules empressés. Jeune, insouciante, elle n'avait pas à porter cela sur ses épaules. Il était plus facile de fermer les yeux, de se dire que cela ne la regardait en rien. L'idée de se trouver confrontée à ce deuil, cette souffrance, ou même à cette lente guérison — des réalités si complexes et douloureuses — avait quelque chose d'effrayant. Pourtant, derrière la maladie, derrière la mort se profilaient à présent d'autres subtiles angoisses, une unicité, un mode de pensée. C'était toute une personnalité qui se dévoilait peu à peu, si elle acceptait de l'explorer. Elle se surprit à le désirer.

« Tout le monde a peur, non ? dit-elle lentement. On fait avec. Pas trop le choix. »

Laura eut un rictus.

« Tu as raison. »

Elle se redressa un peu brusquement, attrapa l'appareil, qu'elle brandit. « Au lieu de dire des idioties, on a des photos à prendre. »

Matilda hocha la tête avec un petit rire nerveux.

V.

« Laura et Matilda sont sorties prendre des photos », dit Amélie, appuyée contre l'encadrement de la porte.

Son mari ne leva pas les yeux tout de suite. Il était occupé à bricoler, très concentré, la tête penchée. Amélie aimait habituellement le regarder faire, observer ses gestes tranquilles et sûrs, s'imprégner de son calme, de sa présence. Aujourd'hui, cependant, elle était démangée du désir persistant de lui arracher ses outils des mains et de tourner, de force, son visage dans sa direction.

« C'est bien, répondit-il enfin. Je suis content qu'elles passent du temps ensemble. Laura a toujours été tellement solitaire. »

Amélie hocha la tête, songeuse. Elle aussi était étonnée de la tournure que prenaient les choses. Elle chassa pourtant momentanément ses nièces de son esprit, s'avança dans l'atelier à pas mesurés, posa sa main contre celle de son époux. Il sculptait une petite figurine de bois, qu'il serra instinctivement plus étroitement.

« Très joli », dit-elle dans un souffle.

Il ouvrit la bouche, sans doute pour la remercier, mais elle avait levé son autre main et posé ses doigts contre ses lèvres. Sa peau était sèche et chaude, semblait fragile au toucher. Elle songea à leurs baisers, si brefs, et ce depuis si longtemps. Sans croiser son regard, elle exerça une légère pression. Il ne bougeait pas, figé comme une statue devant elle. Elle fit un pas en arrière. Il s'éclaircit la gorge, l'air un peu confus.

« Amélie. »

Il avait prononcé son nom à voix basse, et elle eut comme un sursaut de surprise. Ils s'appelaient généralement « chéri », machinalement, comme tous les autres couples. Elle ressentit un brusque élan d'aversion envers cette routine désabusée, dépouillée de toute individualité. Elle voulait qu'il l'appelle une fois encore, qu'il la regarde vraiment. Elle en avait besoin.

« Jean-Claude ? » répondit-elle, sa voix incertaine faisant une question d'une reconnaissance.

Il avait détourné la tête. Il émit un bref, lourd soupir, posa la figurine sur la table. Quand il lui fit face à nouveau, elle lut dans ses yeux qu'il se sentait aussi perdu qu'elle. Elle n'osait plus tendre les mains. Il était comme hors de portée. Leur tendresse s'était galvaudée, leur complicité enfuie ou tout du moins cachée. Ils étaient embarrassés comme deux vieux adolescents incapables de se résoudre à faire le premier pas.

La fierté, la colère, la peur et l'amour serraient la gorge d'Amélie, au point qu'elle eut du mal à respirer. Elle ramassa la figurine de bois. C'était un chat, un peu pataud, qu'il avait commencé à lentement affiner. Des copeaux tombèrent de la table lorsque sa main la balaya distraitement. Elle se concentrait sur ces détails triviaux, incapable de regarder son mari en face et de constater leur impuissance à communiquer. Elle aurait aimé faire craquer leurs carapaces, les arracher couche après couche, en les laissant dénudés, étourdis et endoloris, l'un face à l'autre. Mais c'était prendre le risque de faire exploser l'équilibre subtil de leur vie commune, soutenu et consolidé par le poids de maintes années. Ils avaient cette crainte sourde chevillée au corps, comme un abîme creusé entre eux, qu'ils n'osaient sauter.

Absorbée par ses inquiétudes, elle sentit à peine Jean-Claude lui effleurer les doigts, en reprenant la figurine.

« On devrait… » commença-t-il.

Il s'arrêta, se racla la gorge.

« On devrait aller faire un tour, plus tard, sur la plage. Tu ne crois pas ? Ça va être une belle soirée. »

Il faisait chaud et le soleil avait brillé, depuis son lever, avec une intensité arrogante, nimbant de ses feux un ciel d'un bleu si éclatant qu'il en semblait à peine naturel. Amélie attendait avec impatience le déclin de la lumière, la fraîcheur d'un second souffle pour rééquilibrer cette journée éblouissante, l'adoucissant quelque peu. Elle hocha gravement la tête, s'interdisant de tirer trop d'espoir de cette symbolique. Elle était lasse de toujours faire le premier pas. Des deux, elle était celle qui avançait le plus à découvert, et l'exaspération la gagnait parfois face à cette constatation résignée.

« Oui, on devrait, dit-elle. Une petite promenade nous

fera du bien. »

Les yeux de Matilda étaient si éblouis de soleil que le monde lui paraissait différent, tout en relief et contrastes, étrangement instable. Elle avait la tête brûlante, bien que sa cousine eût insisté pour lui faire porter un chapeau, et sa peau bronzée, découverte, brillait sous les rayons. Elle serait bonne pour quelques coups de soleil le lendemain, sans aucun doute. Cela ne lui importait guère. Tout éclatait de lumière autour d'elle, et elle tendit les bras et virevolta comme une folle.

« Trop de soleil, commenta Laura. Oh, c'est trop dommage, celle-là aurait été magnifique. Arrête de bouger deux secondes, j'essaie quand même... »

Matilda se laissa tomber sur le sable, haletante. Apercevant un bateau au loin, elle se pencha soudainement, en plissant les yeux. Un voilier. Quelque chose dans son ventre fit un bond, et elle serra les poings. Aucune importance. Un afflux de chaleur lui monta aux joues, insupportable par un temps pareil. L'agacement, et une trop longue exposition au soleil. Elle se redressa maladroitement, s'agrippant à l'épaule de sa cousine, qui vacilla.

« Si tu nous fais une insolation, je t'aurai prévenue,

dit cette dernière.

— Pas de problème, j'assume l'entière responsabilité. Trop de lumière pour les photos, tu viens de le dire, on va se baigner ? » suggéra-t-elle.

Indifférente au geste d'hésitation de Laura, elle jeta son chapeau, fit glisser sa jupe et arracha son tee-shirt, sous lesquels elle portait son maillot. Matilda courut vers les vagues, le souffle de son élan faisant voler ses cheveux comme par une brise inexistante. L'eau atteignit ses pieds nus, puis elle put plonger, levant haut les bras et prenant une profonde inspiration avant de s'immerger enfin. L'océan était tiède ; elle fendit les flots de ses membres, s'enivrant de la vitesse, de la fluidité de ses gestes. Sa tête creva de nouveau la surface, et elle lécha le sel, le goût un peu amer sur ses propres lèvres.

« Allez, viens ! » hurla-t-elle, se frottant les yeux, avec un grand geste en direction de sa cousine, silhouette fragile et indécise au loin.

Laura fit quelques pas. Matilda la vit défaire sa jupe, qui glissa à ses pieds, sur le sable. Elle tira sur son tee-shirt, s'avança encore, incertaine, puis l'arracha brusquement et se mit à courir à son tour. Elle se jeta à l'eau d'un mouvement violent, entier ; elle avait disparu, et Matilda retint son souffle. Quand elle reparut, Laura avait les yeux écarquillés et la bouche tremblante. Matilda nagea vers le large et sa cousine la suivit, ses gestes plus amples à présent, sa respiration plus régulière. Ses clavicules saillaient sous sa peau pâle. Elle eut un sourire frémissant, un peu crispé.

Matilda lui envoya une gerbe d'eau au visage. Elles s'éclaboussèrent comme de petites filles, avec des rires stridents, comme pour évacuer une tension profonde.

Matilda sursauta violemment. Dans leurs enfantillages, elles s'étaient rapprochées du bateau, ou peut-être le bateau s'était-il rapproché d'elles. Quoi qu'il en soit, elles en étaient à présent tout près, suffisamment pour effleurer la coque rien qu'en tendant le bras. Sans réfléchir, la jeune fille se hissa à bord. Paul ne leva les yeux qu'après qu'elle eut fait plusieurs pas vers lui. Elle le dévisagea, consciemment provocante, sa peau toute collante du sel de l'océan. Derrière elle, elle entendit sa cousine les rejoindre. Leurs pieds nus glissaient sur le bois du pont.

« Bonjour, dit Paul. Il y a des serviettes, si vous ne voulez pas sécher comme ça. »

Il désigna d'un geste un petit tas blanc. Laura en ramassa immédiatement une, dont elle s'enveloppa avec un murmure de remerciement. Matilda s'approcha plus lentement, frotta ses bras nus, sa poitrine avec le tissu duveteux, chassant le sel et les gouttes de sa peau bronzée. Elle jetait de rapides et brefs coups d'œil en direction du marin, qui ne semblait pas perturbé outre mesure par l'irruption des deux jeunes nageuses sur son embarcation. Il croisa son regard, la fixant un instant de ses yeux calmes et sombres, avant de reporter son attention sur ses manœuvres apparemment incessantes. Matilda se demanda s'il lui était réellement nécessaire d'accomplir autant de gestes, de vérifier voile et cordages encore et encore, ou s'il ne cherchait qu'à passer le temps… à se sentir plus proche de son bateau, le maîtriser entièrement… à éviter d'avoir à communiquer avec ses passagères.

Peut-être le gênaient-elles. Peut-être, en fait, était-il troublé que ces instants, qui devaient n'être habituellement que solitude, se trouvent interrompus par deux presque étrangères. Que ressentait-il ? De l'agacement, de l'embarras… De l'intérêt ? Pourquoi pas ? Tout le monde la trouvait digne d'intérêt, et elle s'était bien assez donnée en spectacle la dernière fois qu'ils s'étaient vus, tandis que Laura la prenait en photo. Elle avait ri si fort, elle s'était tournée et retournée en faisant voler sa chevelure, ces boucles légères qui formaient à présent une masse mouillée, agglutinée et rendue un peu collante par le sel. (Elle aurait dû attacher ses cheveux avant de plonger. Elle n'avait pas réfléchi, elle s'était lancée, comme à l'accoutumée.) Ses yeux avaient forcément été attirés. Et maintenant, elle était là, trempée d'eau de mer, à dégouliner en cherchant son regard. Il avait envie de la regarder. Ce n'était que par fierté ou par crainte qu'il s'en retenait.

À quoi jouait-elle ? Parcourue d'un léger frisson sous la brise maritime, Matilda se détourna et s'enveloppa plus étroitement dans la serviette qu'elle tenait toujours entre ses doigts crispés. Elle ne ressentait pas le moindre intérêt pour ce type. Elle ne l'avait rencontré que trois fois, avait échangé avec lui une douzaine de mots au grand maximum, et ne le reverrait jamais une fois ces vacances terminées. Il était même improbable qu'elle le revoie, tout court. Il n'était pas vraiment beau, n'avait rien de spécial, et se fichait visiblement éperdument de sa petite personne. Elle n'aurait même pas dû lui accorder une seconde de ses pensées.

C'était bien une histoire d'amour-propre : elle était habituée à ce qu'on fasse attention à elle — de manière positive ou négative, d'ailleurs. L'indifférence de cet homme la hérissait, la rendait nerveuse, provocante. C'était immature ; elle se l'admit sans difficulté, mais ne s'attarda pas sur cette auto-critique, et résolut plutôt de se préoccuper à l'avenir de ce qui en valait réellement la peine.

« Forcément, on n'a pas l'appareil, lança-t-elle à Laura, qui rétorqua avec un rire aigu :

— Heureusement ! Je n'ai pas envie de le mouiller et de perdre toutes mes photos ! »

L'aînée des deux cousines s'appuya contre le bord du bateau, toujours blottie dans sa serviette, et se tourna vers Paul tout en frottant ses cheveux.

« J'espère qu'on ne vous dérange pas, dit-elle, d'un ton à la fois léger et un peu nerveux. On aurait peut-être dû vous prévenir avant de sauter à bord, non ?

— Ne vous inquiétez pas, demoiselle… Il n'y a pas

de mal, je suis volontaire pour servir d'abri aux nageuses », rétorqua-t-il en croisant son regard.

Il avait parlé avec une gentille ironie, et Matilda l'en détesta subitement, décidant qu'il les traitait comme des gamines sans cervelle. Laura, elle, semblait rassurée, ne voyant apparemment pas le mal.

« On va profiter de l'invitation, alors, déclara Matilda d'une voix forte et dégagée. Faites attention, vous allez regretter le jour où mon oncle vous a suggéré de nous emmener faire un tour !

— Si ça me dérangeait tant que ça, j'aurais dit non », fit-il avec calme, sans se laisser démonter.

Était-il même conscient de son hostilité ? N'était-il pas préférable qu'elle lui échappe ? Oscillant entre exaspération et confusion, Matilda se pencha et saisit la main de sa cousine, qui sursauta, prise par surprise.

« Tu viens, on retourne nager ? » demanda-t-elle, serrant machinalement le poignet frêle autour duquel ses doigts s'étaient étroitement enroulés.

Laura haussa les sourcils, mais acquiesça sans discuter. Se sentant rougir, sa cousine se tourna pour faire face aux vagues. Laissant tomber sa serviette, elle se hissa par-dessus le bord et se laissa couler, l'élément fluide se saisissant de ses membres, puis recouvrant sa tête. Elle ouvrit les yeux dans un monde bleu-vert fait d'ombre et lumière, oscillant, tourmenté par des courants profonds. D'un battement de bras, elle remonta à la surface et respira à fond, les cheveux de nouveau ruisselants. Des gouttes s'insinuèrent dans sa bouche, avec un goût de sel qui lui brûla la langue.

« Au revoir — et merci », fit la voix de Laura, quelque part au-dessus de sa tête, très loin.

Matilda sentit les ondulations se répandre à la surface de l'eau et au-dessous quand le corps de sa cousine s'immergea à son tour. Les vagues se pressaient contre leurs membres, caressantes et impérieuses à la fois. Elle frissonna et se détourna, s'éloignant avec d'amples mouvements qu'elle aurait voulus plus fluides. Elle ne tremblait pas, bien sûr que non — elle nageait simplement vers la plage, l'esprit et le corps libres. Laura la suivait, elle entendait le clapotis causé par chacun de ses gestes, au cœur de la rumeur grondante de l'océan.

Elle ferma les yeux un instant, éblouie par le reflet du soleil à la surface de la mer ondoyante. Le bourdonnement qui lui vrillait les tempes semblait provenir de partout et nulle part à la fois. Elle inspira profondément, et plongea la tête sous l'eau, accélérant avec une énergie un peu désespérée.

VI.

La maison était pleine d'ombres dormantes, de souvenirs qui ressurgissaient lorsqu'on s'y attendait le moins, plus clairs que des photos.

Dans l'atelier, dans la cuisine, dans les chambres. Jean-Claude passait d'une pièce à l'autre, inlassablement, et y trouvait à chaque fois un bibelot, une anecdote, une sottise d'enfant. Encore garçonnet, il se fourrait invariablement sous cette table durant les jeux de cache-cache, et ses frères feignaient de l'y oublier. Ce coupe-papier avait été ramené de Madagascar par Michel. Ce canapé n'avait que quelques années, Amélie l'avait poussé à l'acheter pour remplacer un vieux sofa défoncé. Ses fils, eux aussi, avaient couru dans ce jardin comme des fous avant d'aller se jeter à la mer. Ses deux fils, comme ses deux frères avant eux, et lui, toujours à courir derrière.

Cette ressemblance ne manquait jamais de le perturber. Il avait choisi les noms de ses frères comme deuxièmes prénoms pour ses enfants, sans avoir vraiment conscience, à l'époque, de l'importance de la mémoire. Mais les points communs étaient bien plus nombreux, bien plus profonds que cela. Comme leurs oncles avant eux, ses fils avaient fait résonner la maison de leurs cris, leur joie de vivre. Comme leurs oncles, ils étaient turbulents, débordants de vie et d'énergie, de projets — bien décidés à dévorer leur jeunesse et à faire une entrée triomphale dans l'âge adulte. Ils étaient aussi forts, solides, ambitieux, généreux : Amélie et lui les avaient éduqués ainsi. Ç'avait été une tâche de longue haleine, tout particulièrement pour les faire asseoir et obéir, mais c'était la mission la plus riche, la plus intense, la plus terrifiante et la plus miraculeuse de toute son existence. Ses fils étaient des hommes à présent, des hommes bien, armés pour l'avenir. Ils pouvaient tout faire, tout réussir. Et pourtant… on ne sait jamais. On ne sait jamais…

Ils ne lui ressemblaient pas, ou du moins pas vraiment. Sa pudeur, sa discrétion, sa timidité, son côté si méticuleux et ordonné — ils n'avaient rien de tout cela. Ils ressemblaient à Amélie, mais surtout, ils étaient comme ses frères au même âge. Non, non — les souvenirs l'induisaient en erreur, et la nostalgie.

Il ferma les yeux, serrant fort les paupières, et tenta d'être objectif. Qu'était-ce qui l'abusait, la crainte ou l'espoir ? Dans les deux cas, il jouait un jeu stupide. Ses fils n'étaient pas ses frères, bien qu'en ayant des qualités. C'était des êtres neufs, qui n'auraient su voir leur éclatante individualité réduite à une ressemblance de mauvais augure. Ils étaient brillants, uniques — si uniques que, malgré ses sermons, ses râleries et ses conseils un peu vieux jeu qui leur faisaient lever les yeux au ciel, il aurait pu mourir de fierté rien qu'à les regarder. Ses garçons étaient sa grande, sa seule réussite, une réussite qu'il partageait avec sa femme. Assez des ombres et des similitudes. Il lui fallait se réveiller, et vite.

C'était cette maison qui tourmentait sa mémoire, et le poussait à ressasser. Il y était fréquemment passé ces dernières années, mais seulement pour quelques jours, de brèves réunions familiales. Cette fois-ci, son séjour serait bien plus long, et les souvenirs l'assaillaient en le prenant par surprise. Et puis il y avait ses nièces, les filles de ses frères, qu'il n'avait jusqu'à présent connues que de loin. C'était presque des femmes, à présent, si semblables à l'idée qu'il s'était faite d'elles, et pourtant si différentes. Laura tout particulièrement était un douloureux mystère. Les enfants grandissaient si vite… Les siens lui échappaient, quittant déjà le foyer familial, lancés à toute allure vers un futur sur lequel il n'avait aucune prise. L'incertitude de la vie, la fatalité… N'importe quoi pouvait arriver.

Il lui semblait ne plus rien contrôler. Tout s'accélérait autour de lui, et il demeurait figé dans le passé, effrayé, impuissant, incapable de partager ses craintes obscures. Il n'était pas seul, pourtant. Il sentait bien que sa femme cherchait, plus ou moins désespérément, à attirer son attention. Il aurait aimé pouvoir saisir cette main qu'elle lui tendait parfois, mais il n'en trouvait pas la force. Dans son esprit, il l'avait presque déjà perdue : elle était tellement vivante, tellement merveilleuse, et lui se sentait si impuissant. À présent qu'ils étaient livrés l'un à l'autre, sans leurs enfants pour détourner leur attention et rompre ce tête-à-tête, elle réaliserait bientôt qu'il ne la méritait pas, qu'il était bien trop lâche pour oser aller vraiment vers elle, se livrer complètement. L'abîme se creusait entre eux, il le voyait un peu plus chaque jour. Son amour pour lui s'érodait, finirait par disparaître. Il ne pouvait en être autrement… Pourtant, les mots restaient coincés dans sa gorge, chaque geste paraissant vain avant même d'avoir été esquissé.

L'idée de la perdre était impossible ; sa vie sans Amélie, inenvisageable. Mais qu'espérait-il donc ? Être épargné pour avoir supplié assez fort ? Il aurait fallu se battre. Il l'avait fait bien souvent dans sa vie, mais ses peurs étaient un trop insidieux adversaire. Il était trop tard, bien trop tard pour changer qui il était. Ses sentiments, il les gardait enfouis en lui-même, par pudeur, par crainte d'être rejeté… Amélie l'avait aimé malgré cela, elle l'aimait même encore, il en était quasiment sûr. Mais pour combien de temps ? Il aurait presque pu la regarder filer entre ses doigts comme la poudre fine d'un sablier.

Le sol de l'atelier était jonché de petits copeaux de bois, et son regard tomba sur la figurine encore grossière qu'il avait tenue, un peu plus tôt, serrée dans sa main crispée. Il la ramassa, saisi du désir de la jeter de toutes ses forces contre le mur d'en face. Mais il se contenta de la déposer sur la table. Il se faisait tard. Passée la routine du repas, ses nièces parties occuper leur soirée comme bon leur semblait, il se retrouvait livré à lui-même. Il était temps de sortir à la rencontre de sa femme, pour cette promenade qu'il avait osé lui proposer. À l'idée de lui faire face à nouveau, il était déchiré entre impatience et appréhension, mais il avait fait ce pas vers elle. Il lui fallait aller jusqu'au bout.

La fraîcheur tant attendue tombait lentement, en se faisant désirer. Jean-Claude ne songea pas, en quittant la maison, à vérifier si Amélie s'y trouvait encore. Il s'irrita de cette étourderie, car ils n'avaient pas prévu de lieu de rendez-vous. Il lui parut cependant absurde de revenir en arrière, et il ne souhaitait pas la faire attendre. Il laissa donc ses pas le guider en direction de la plage. Son regard parcourait nerveusement le chemin, d'un côté et de l'autre, à la recherche d'une silhouette familière, mais il ne la voyait nulle part. Au-dessus de sa tête, le ciel entremêlait couleurs douces et teintes sanglantes, enflammées.

Il arriva enfin, et son regard tomba immédiatement sur elle. Elle était assise là sur le sable, cheveux bruns et robe sombre, tranchant sur l'étendue claire et veloutée. Apparemment perdue dans ses pensées, elle ne leva pas la tête avant qu'il soit arrivé à sa hauteur, et se tienne juste derrière elle. Alors elle le regarda, le visage penché en arrière, menton haut, mâchoire rigide, yeux grands ouverts et étincelants. Une ombre flottait sur sa pommette, créant un troublant effet de relief qui lui donna un peu l'impression de contempler une statue. Elle ne lui sourit pas, n'eut pas un geste susceptible de refaire de cette étrangère, figée dans une pose presque accusatrice, l'épouse auprès de laquelle il avait traversé les années.

« Cette promenade ? » articula-t-il, sa voix semblant

plus profonde que d'habitude, légèrement cassée et rauque.

Elle se leva. Son corps se déplia de manière un peu maladroite, en équilibre instable, et elle rejeta en arrière une mèche de cheveux sombres, d'un geste brusque. Il faillit tendre la main pour la soutenir, mais suspendit son geste. Elle n'en avait pas besoin.

Elle commença à marcher, s'attendant à ce qu'il la suive. Il s'avança effectivement et calqua sa démarche sur la sienne. Machinalement, ils suivirent le tracé de la rive, une très légère courbe. Le ciel s'obscurcissait au-dessus d'eux et un sentiment d'urgence montait, s'intensifiait en lui. La patience de sa femme arrivait à son terme, lui semblait-il. Il était en tort sans avoir rien fait, sans avoir changé. Sa passivité était justement sa faute. Il s'éclaircit la gorge, tout bas, cherchant quelques paroles à lui offrir.

« Oui ? dit-elle à voix basse.

— Il fait bien meilleur, tu ne trouves pas ? » répondit-il avec maladresse.

Conscient de la banalité de ces mots, il tourna la tête vers elle, chercha son regard, le trouva. Elle le fixa dans les yeux.

« C'est agréable », poursuivit-il.

Elle écarta légèrement un bras qu'elle avait jusque-là tenu le long de son corps. La distance était minime, le geste familier, simple. Il étendit la main pour saisir la sienne avec l'impression de se jeter dans le vide. Ses doigts étaient chauds et étreignirent les siens avec une tendresse impérieuse. Elle eut un fin sourire. Il s'y raccrocha comme à une ligne de vie.

« Je trouve aussi », dit-elle.

Il inspira profondément, serra la main de sa femme et l'attira plus près de lui, doucement, jusqu'à ce que leurs épaules s'effleurent. Il la connaissait par cœur. Il connaissait la ligne souple et un peu tendue de son cou, les petites rides autour de ses yeux, sa peau fine et douce. Il avait passé des années à vivre auprès d'elle sans se poser de questions, sans vraiment prendre la peine de l'observer. Elle n'avait pas changé, et lui non plus. Que leur était-il arrivé, alors ?

Jean-Claude regarda vers l'horizon et songea à leur jeunesse, à leurs espoirs. Ils avaient réussi leur vie, semblait-il. Travail, foyer, enfants, amour — ils avaient le matériel et l'essentiel à la fois. Tout cela était pourtant si fragile, si relatif. Tout ce qu'ils tenaient pour acquis pouvait s'envoler en un instant, sans qu'il y ait rien à faire pour s'y accrocher. Mais ils étaient vivants, en bonne santé. Ils étaient ensemble. Ces simples faits avaient quelque chose d'infiniment précieux.

« Je t'aime, murmura-t-il. Tu le sais ?

— Oui, répondit-elle simplement. Mais il était tout de même temps que tu te décides à me le dire. »

Ils n'ajoutèrent rien. Pour l'instant, ces quelques mots leur suffisaient, ainsi que leurs doigts toujours entrelacés, leurs corps rapprochés. Jean-Claude s'appliqua à graver cet instant dans sa mémoire, avec la volonté d'en faire naître bien d'autres à l'avenir, à partager avec elle.

Amélie pencha la tête, et sa joue resta pressée contre l'épaule de son mari, suffisamment près pour qu'il respire l'odeur de ses cheveux.

Matilda se tapit dans le creux d'une dune, les lèvres serrées, la respiration légèrement sifflante.

Elle avait couru jusqu'à la plage, sans raison particulière, juste pour le souffle du vent dans ses cheveux, la vitesse et le plaisir de filer sans entraves, droit devant. Elle avait trébuché dans le sable et aperçu deux silhouettes enlacées, marchant lentement, posément. Sa tante et son oncle ne se trouvaient qu'à une centaine de mètres, mais un univers entier semblait les séparer d'elle. Elle ne souhaitait pas troubler leur tête-à-tête, et battit en retraite, se contentant de les observer de loin.

Elle avait un peu l'impression de porter atteinte à leur intimité ; d'autre part, la scène était en équilibre instable entre le naturel et l'inhabituel. Elle ne se souvenait pas d'avoir déjà surpris, entre eux, de gestes particulièrement tendres. Les apercevoir ainsi de loin était une nouveauté un peu perturbante.

Matilda n'avait que très rarement eu l'occasion d'assister à des moments privilégiés entre conjoints. Pour elle, l'amour était une flamme brève. Elle connaissait les cruches du lycée qui se pendaient au cou de leur prince suffisant et boutonneux ; puis il y avait les couples de vingt à trente ans, exagérément radieux, qui disaient « nous » et non plus « je ». Les étapes suivantes étaient l'alliance, la maison, les enfants, l'ennui ou l'adultère (voire une combinaison des deux), liste non exhaustive et ne se déroulant pas nécessairement dans cet ordre. La jeune fille était cynique autant par habitude et par affectation que par conviction sincère : une attitude qu'elle assumait sans compromis, entière comme on l'est à dix-sept ans. Et pourtant, le spectacle de son oncle et sa tante sur la plage, simplement, sobrement ensemble, ne la laissait pas indifférente. Ils n'avaient rien à voir avec les couples qu'elle avait l'habitude de fréquenter, que ce soit ses parents ou leurs amis. Ils semblaient naturels, posés, à l'écoute aussi : elle le percevait d'instinct.

Peut-être était-ce un peu pour cela qu'elle avait accepté ces vacances en famille, après avoir déjà dû supporter son père et sa mère en Italie… pas seulement par oisiveté, mais par curiosité. Elle avait souhaité passer du temps avec eux, apprendre à mieux les connaître. Du moins, telle avait été son attention avant que l'ennui la rattrape.

La plupart des gens rentraient si aisément dans des

cases qu'on aurait presque dit qu'ils se prêtaient inconsciemment au jeu, que ce soit par paresse, conformisme, lâcheté ou simple manque d'imagination. Elle était entourée de clichés ambulants. Son père était le commercial enchanté de sa réussite sociale, la cinquantaine fringante et le regard coquin, grand amateur de jupons. Sa mère était l'épouse rangée qui comblait le vide et oubliait sa lassitude entre club de lecture, cours de yoga et amants discrets. Ses amies étaient de petites dindes et elle-même une gamine pourrie-gâtée, insolente et capricieuse. Elle s'affirmait cela comme une provocation, avec trop d'agressivité pour être vraiment crédible. D'ailleurs, sa hantise qu'on la traite comme une enfant montrait bien le paradoxe entre ses velléités de lucidité et son désir de sortir du moule.

Au début, elle avait vu en Jean-Claude et Amélie l'archétype du couple tranquille et un peu défraîchi, compagnons de route plus qu'amoureux, unis par l'habitude et la routine. C'était là pour elle le cours normal des choses, et elle n'avait pas cherché à en savoir davantage. Cependant, elle avait parfois, en les regardant, une sensation étrange. C'était comme une tension dans l'air, un vide qu'elle n'aurait su définir. Elle se trouvait idiote de se focaliser ainsi sur de vagues impressions. Ce n'était sans doute là que le fruit de son imagination, ou une projection de ses propres… désirs ? Manques ?

Matilda émit un sifflement exaspéré. Et voilà qu'elle

recommençait... Elle avait pourtant mieux à faire que d'épier les êtres qui l'entouraient pour décrypter leurs relations intimes, de délirer en s'imaginant des sentiments tourmentés... de repenser sans cesse à un marin quelconque et stupide, qu'elle connaissait à peine. Mieux à faire que d'écouter les élucubrations et les silences d'une cousine encore bien maigrichonne, mais dont le mystère ne se laissait plus réduire à l'étiquette de sa maladie passée. Elle était une créature de sensations, impulsive, peu encline à se perdre dans les fantasmes et les analyses. Elle préférait bouger, s'élancer, s'étourdir. Se jeter dans les vagues, s'éblouir de soleil jusqu'à l'ivresse, courir à en perdre le souffle... avant de retomber, prise de vertige, une sensation de vide glacée enflant dans sa poitrine.

Elle battit des paupières, la gorge serrée, et fixa l'océan. Nul voilier n'errait sur les vagues à cette heure-ci, bien sûr. Elle ne s'était pas attendue à en voir un, n'y avait même pas pensé. Pourquoi l'aurait-elle fait ? Elle n'avait aucune envie de *le* croiser, certainement pas. Elle n'avait aucune raison de le vouloir.

Elle se releva et s'éloigna de la plage, les jambes un peu tremblantes, sa démarche rapide et saccadée rappelant celle d'une marionnette. Elle avançait au hasard, regardant à peine où elle allait. Le chemin semblait désert au premier abord, et son cœur rata un battement lorsqu'elle y aperçut soudain une autre silhouette — un autre promeneur tardif. Elle se figea sous le choc, ressentant comme une agression cette rencontre inattendue, survenue alors qu'elle se sentait si étrangement vulnérable. La colère monta en elle, sans véritable raison. Instinctivement, elle se réfugia derrière cette réaction qui, au moins, lui était familière.

« Vous me suivez, ou quoi ? » lança-t-elle d'un ton bravache.

À cette distance et dans la pénombre grandissante, elle ne pouvait discerner clairement le visage de Paul, mais son maintien rigide avait quelque chose d'accusateur, lui sembla-t-il. Il haussa lentement les épaules.

« Je pourrais vous poser la même question », dit-il d'un ton égal.

Les joues de Matilda s'enflammèrent. Elle fit un pas en arrière comme devant une menace, les poings serrés d'indignation. La part lucide de sa conscience lui chuchotait qu'il avait, après tout, bien raison, ce qui ne l'aida absolument pas à reprendre le contrôle d'elle-même. Elle sentait même vaguement qu'elle aurait eu bien plus de raisons de faire des excuses que d'en recevoir. Son orgueil se cabra à cette idée.

« J'ai autre chose à faire que de vous suivre, rétorqua-t-elle d'un ton cinglant.

— Mais moi aussi », répondit-il doucement.

Cette fois-ci, elle resta muette. Elle savait qu'elle avait tort, et chercha désespérément une échappatoire pour éviter d'avoir à l'admettre. Elle aurait pu lui tourner le dos et s'en aller, tout simplement. Rien ne la retenait. Lui-même n'avait pas fait le moindre mouvement vers elle, se contentant de lui répondre avec flegme, sans même un signe d'agacement ou de nervosité. Il était calme, statique, inaccessible. Elle l'en détesta.

« Je suis désolée », s'entendit-elle marmonner enfin.

Elle se sentait dénudée, diminuée, comme une enfant prise en faute. Elle envisagea à nouveau de partir en courant, mais cette fuite aussi aurait été infantile. Désemparée, elle resta plantée sur place, se mordant les lèvres à s'en faire saigner.

« Il n'y a pas de mal. »

Elle eut un geste violent de la main, comme pour repousser ce mensonge poli, glaçant. Elle était incapable de trouver les mots pour se justifier, mais en avait désespérément besoin. Il lui fallait bouger, faire quelque chose. Au lieu de reculer, cette fois, elle s'avança brusquement vers lui.

« Non. Je suis désolée. Vraiment désolée », affirma-t-elle avec véhémence.

Elle pouvait distinguer ses traits à présent, nets et rudes : le pli serré de sa bouche, le bref éclat de deux yeux sombres enfoncés dans leurs orbites. Il haussa les épaules.

« Comme vous voulez, demoiselle. »

À son tour, il fit un pas en arrière, lui adressa un bref

salut et se détourna. Elle le regarda s'éloigner, complètement perdue. Il l'avait appelée de la même apostrophe qu'il avait précédemment utilisée pour sa cousine, un peu démodée, familière et distante à la fois. Elle en ressentit un plaisir aigu et teinté de douleur, absurde.

« Paul », jeta-t-elle dans une abrupte exhalation.

Il se figea. Elle réalisa qu'elle n'avait encore jamais prononcé, ni même pensé son prénom. Dans son esprit, elle ne l'avait désigné que de manière impersonnelle, avec un dédain qu'elle était incapable de vraiment justifier. Elle l'avait à peine considéré comme une personne à part entière. Il s'appelait Paul et elle l'avait traité comme un moins que rien, en gamine arrogante, méprisante, stupide et mal élevée. Elle ferma brièvement les yeux, serrant étroitement les paupières, comme si elle espérait se réveiller d'un rêve. Quand elle les rouvrit, il s'était retourné vers elle et son regard se planta dans le sien.

« Je ne sais pas quel est votre problème, lui dit-il, mais ce n'est pas le mien. Je ne suis qu'un ami de votre oncle. Si vous ne m'aimez pas, évitez-moi. Inutile de jouer les provocatrices. »

Elle vacilla comme s'il l'avait giflée. Visiblement, il l'avait très bien comprise. Son cœur battait rageusement ; elle eut envie de se laisser glisser par terre, de se recroqueviller comme une enfant effarée. Il avait détourné la tête à présent.

« Je… balbutia-t-elle. Désolée. Encore une fois.

— Ça n'a pas d'importance. Je vous l'ai dit, il n'y a pas de problème et je n'ai aucune envie qu'il y en ait un à l'avenir. Bonne soirée, mademoiselle. »

Il s'en alla à grands pas, cette fois-ci sans qu'elle le rappelle.

La colonne vertébrale de Matilda était parcourue de frémissements nerveux. Sa révolte, ses élans passionnés l'avaient quittée, ne laissant qu'un vide vertigineux, aux échos d'incompréhension. Machinalement, elle plaça un pied devant l'autre, continuant le long du chemin, dans la nuit qui était à présent tombée. Presque arrivée en vue de la maison, cependant, elle dut s'arrêter à nouveau, subitement oppressée à l'idée de croiser quelqu'un qui pourrait lire sur son visage les marques de cette soirée tumultueuse.

Elle s'assit sur le sol, passant ses bras autour de ses genoux, et resta ainsi un moment. Son cœur battait à grands coups sourds. Ce martèlement se mêlait au murmure du vent, au lointain grondement des vagues, en une faible rumeur qui la berça presque.

VII.

Amélie se glissa hors des draps du lit conjugal, défroissa sa longue chemise de nuit d'un geste machinal, et se dirigea, sur la pointe des pieds, vers la salle de bains.

Jean-Claude dormait encore. C'était, pour lui, assez inhabituel et elle ne souhaitait pour l'instant pas le réveiller. Elle commença sa toilette avec des gestes lents, pensifs. Sa peau était lisse comme après une nuit de solitude, sans que le moindre contact, le moindre effleurement maladroit l'ait échauffée et éveillée. Le regain de tendresse advenu la veille au soir lui avait cependant donné de la force, comme un vague espoir, un timide premier pas. En repassant dans la chambre pour s'habiller, elle déposa un rapide baiser sur les cheveux de son mari. Il remua dans son sommeil, mais n'ouvrit pas les yeux.

Amélie s'affaira dans la cuisine, décidée à profiter de son regain d'énergie. Elle avait l'intention de passer une partie de la journée avec ses nièces, qu'il lui semblait avoir négligées depuis leur arrivée. Elles pourraient faire un tour en voiture, prendre quelques photos, puisque ce projet semblait leur tenir à cœur. Amélie aimait bien l'idée. Elle-même possédait des albums complets, regorgeant de clichés de ses êtres chers. Sur certains, toute la famille était réunie, un peu serrée et affichant des sourires de circonstance. D'autres avaient été pris par surprise, sur l'impulsion du moment, pour immortaliser une grimace, un éclat de rire, une étreinte. Ses fils étaient omniprésents : comme des affamés, ils prenaient tout l'espace, avec leur joie de vivre dévorante. Matilda avait ce même éclat un peu avide, un peu égoïste. On en restait sous le charme de ces personnalités flamboyantes, mais parfois également étourdi, comme par une lumière trop vive et ne laissant guère de place aux nuances.

Jean-Claude, lui, se trouvait toujours en contre-jour, debout ou assis dans un angle quelconque, discret mais présent — tel un repère autour duquel gravitaient les bruyantes énergies. Jean-Claude baissait la tête devant l'objectif ; il esquissait toujours, pour elle, un sourire furtif, mais préférait éviter de se retrouver sous les feux des projecteurs. Elle aimait cette pudeur, cette douceur silencieuse, cette présence constante, fidèle, inlassable. Elle considéra ces traits de sa personnalité avec une tendresse renouvelée.

Elle l'aimait comme il était. Elle n'avait jamais vraiment perdu de vue cette certitude inébranlable, mais il lui sembla soudain la redécouvrir. Les accumulations de petites incompréhensions, de griefs exaspérés à force de silence, avaient temporairement masqué cette évidence. Elle ne souhaitait pas, n'aurait jamais pu souhaiter le voir changer. Tout ce qu'elle voulait, c'était retrouver leur proximité, cette complicité entre deux natures différentes et complémentaires, avançant dans la même direction. Elle voulait les éclairs de compréhension quand elle croisait son regard, les contacts furtifs, innocents, et les moments de fusion entière et bouleversante. Peut-être étaient-ils sur le bon chemin pour retrouver tout cela. Elle l'espérait de toute son âme.

Amélie s'arracha à ses rêveries en voyant sa famille entrer dans la cuisine, en une procession légèrement ensommeillée. Sa famille… Il était étrange de la définir ainsi, cette assemblée encore peu accoutumée à vivre ensemble, mais unie par un lien naissant et fort. Il y avait son mari, bien sûr, et ses nièces… Deux filles à la place de ses garçons, deux filles vers lesquelles elle se sentait portée par un instinct de mère, impérieux et irraisonné.

Elle les avait vues grandir de loin ; peut-être étaient-elles un peu interloquées par le désir soudain et manifeste de leur tante de s'impliquer dans leurs vies. Amélie percevait, intuitivement, le mélange de force et de fragilité dans ces deux brins de femme, et se doutait que l'une comme l'autre, à sa manière, avait besoin d'une présence rassurante, chaleureuse. De plus, elle-même avait un vide à combler… Ses fils s'étaient envolés, lancés dans l'indépendance et la vie adulte, et elle se retrouvait avec un trop-plein d'amour dont elle ne savait pas vraiment que faire.

Ce n'était pas innocent, elle en était consciente. Elle, qui avait toujours voulu une fille, ne pouvait résister à ces gamines presque adultes et qui se connaissaient encore si peu, à la pureté presque intacte. Mais elles n'étaient que ses nièces — les nièces de Jean-Claude. Elles avaient des parents, et la place d'Amélie dans leurs vies était celle d'une tante. Il lui fallait garder une certaine distance. Elles n'étaient pas le troisième enfant tant désiré, la petite fille qu'elle avait rêvée dès sa jeunesse et voulue de manière ardente, viscérale, tout au long de sa vie de femme.

Amélie respira profondément, souriant aux autres avant de baisser les yeux sur le café qu'elle versait. Ses mains tremblaient légèrement, mais elle était déterminée à ne pas se perdre dans des manques dont elle avait déjà fait le deuil. Ce séjour lui offrait une chance de se consacrer aux êtres chers réunis autour d'elle, et elle comptait bien en profiter. Rien ne pourrait lui gâcher ces moments privilégiés.

Vu d'en haut, le sourire d'Amélie était éclatant, ses dents blanches découvertes tandis qu'elle parlait avec animation. Laura fit un pas en arrière pour la cadrer un peu plus largement. La main de sa tante qui se balançait paresseusement, l'ondulation de ses cheveux lorsqu'elle redressa les épaules — elle voulait tout saisir.

« Viens te poser un moment », dit Amélie en tapotant le sable à côté d'elle.

Laura fit non de la tête, cherchant un nouvel angle.

Elle finit cependant par obéir, et s'assit en tailleur à côté de la nappe. Amélie prit un biscuit, en tendit un à Matilda — qui l'accepta sans un mot de remerciement, la mine boudeuse — et s'installa plus confortablement. Elle souriait avec tranquillité, sérénité. Le regard de Laura, qui s'égarait pourtant sans cesse, à la recherche de sa photo suivante, était invariablement attiré par son visage, comme par un aimant. Les traits de sa tante, ce jour-là plus encore qu'à l'accoutumée, avaient un air de profonde douceur. Ce n'était même pas une simple paix intérieure, mais un don de soi, une volonté de partage.

Laura aurait aimé que sa mère ait un tel visage, certains jours, qu'elle la regarde aussi posément, comme pour l'inviter à caler sa tête contre une épaule réconfortante. Cette idée même lui semblait presque étrangère. Elle se mordilla la lèvre, un trouble s'emparant d'elle qui lui serrait la gorge et lui embuait les yeux. Amélie battit des paupières, surprise. Sa main, qui à présent lissait la nappe d'un geste machinal, s'étendit un peu plus pour effleurer, très brièvement, le bout des doigts de sa nièce.

« Et Lucas, il va bien ? » s'enquit Matilda d'un ton d'ennui, plus pour briser le silence que par réel souci de relancer la conversation.

Amélie se remit à parler de son plus jeune fils, de ses projets et ses réussites. D'abord tranquille, sa voix se fit de plus en plus animée à mesure que sa fierté prenait le pas sur sa retenue. Laura n'écoutait qu'à demi. Elle avait détourné la tête et contemplait les vagues, au loin.

Comme ses pensées reprenaient des détours qu'elle préférait éviter, elle reporta son attention sur sa cousine : celle-ci jouait avec ses cheveux d'un air maussade, sans même faire semblant de s'intéresser à la réponse à sa question. Matilda avait été d'humeur sombre toute la matinée, plus effacée que d'habitude, ne posant qu'à contre-cœur pour les clichés que Laura accumulait sans s'en lasser. Une saute d'humeur, supposait cette dernière. Elle s'était reportée sur Amélie, pour découvrir que celle-ci ne voyait guère d'inconvénient à servir elle aussi de modèle. Une fois la première gêne surmontée, elle s'était prêtée au jeu avec décontraction. Laura avait ainsi pu la découvrir, un angle après l'autre, saisissant dans chacune de ses expressions ce qu'on laisse trop souvent échapper à l'œil nu, par simple distraction.

Amélie semblait aujourd'hui complètement tournée vers ses nièces ; son regard, son sourire, ses gestes avaient quelque chose de profondément maternel. Durant les jours qui avaient précédé, elle avait paru plus absente, son attention sincère mais irrégulière. Sans doute avait-elle été focalisée sur d'autres préoccupations, plus intimes. Amélie et Jean-Claude avaient certes accueilli les deux jeunes filles avec un plaisir évident, les entourant de leur chaleur et de leurs prévenances. Cependant, il y avait entre eux une tension sous-jacente, qui apparaissait avec plus ou moins d'évidence, mais occupait toujours un coin de leurs pensées, alors même qu'ils semblaient prétendre que tout allait pour le mieux. Ils étaient un peu comme deux pièces détachées… deux moitiés indépendantes, mais déchirées par instants par le manque — ou bien parcourues d'une tension magnétique, qui semblait hésiter entre les souder et les repousser.

Laura observait leurs échanges, leurs gestes, leurs attitudes avec fascination. Elle n'avait que très peu eu l'occasion de voir une telle alchimie humaine à l'œuvre autour d'elle. Et cette contemplation avait un goût amer, car quand Jean-Claude penchait la tête d'une certaine manière, ou se retournait, ou prononçait son nom d'une voix un peu trop forte, elle croyait presque revoir son père. Un frisson glacé la parcourait alors ; elle en était prise de vertige, et craignait de retomber dans des abîmes dont elle sortait à peine. La force tranquille, réservée, de son oncle lui rappelait une autre silhouette. Leurs disparités mêmes, bien qu'éclatantes, ne faisaient que raviver la base commune, la profondeur du lien de sang.

Laura s'efforça de chasser ces pensées importunes, trop douloureuses pour venir troubler un instant pareil. Sa distraction momentanée avait échappé à Amélie — ou était-ce par respect que celle-ci s'abstenait de la dévisager, de la surveiller du coin de l'œil comme on l'aurait fait d'une grenade dégoupillée ? Laura était habituée à ce qu'on la traite comme une malade, une fleur fragile à manipuler avec précaution. Elle était l'enfant du drame, et elle aurait beau grandir, certains ne la verraient jamais que comme cela. Mais la douceur de sa tante était différente, semblait adressée à une personne à part entière : une personne complexe, avec ses forces et ses failles, en pleine construction, ou plutôt en reconstruction. Cette si rare reconnaissance avait quelque chose de bouleversant.

La jeune fille tendit la main, ramassa une pêche parmi les restes de leur pique-nique. Lentement, elle fit tourner le fruit dans sa paume, observant les petites taches jaunes qui parsemaient sa peau veloutée. Elle s'absorba dans cette contemplation banale, prenant son temps, sans craindre de sentir un regard inquiet lui vriller la nuque. Le silence était retombé : un silence paisible, qui ne trahissait pas un vide, mais indiquait une plénitude. Laura ferma brièvement les yeux, savourant ce moment fragile et délicieux. Elle mordit enfin dans la chair sucrée du fruit.

« On devrait laisser la voiture ici et rentrer à pied, dit lentement sa tante. Cette journée est vraiment trop magnifique. Vous ne trouvez pas ? »

Elles échangèrent un sourire bref, complice.

Le soleil leur chauffait le dos et la tête tandis qu'elles avançaient sans se presser, traversant des zones d'ombre comme de courtes trêves. Matilda marchait devant, à grandes enjambées, la tête baissée et les cheveux voletant sous son chapeau. Amélie et Laura cheminaient côte à côte et parlaient avenir. C'était, bien sûr, un thème récurrent pour les jeunes adultes, au point de ressembler fortement à un lieu commun. Elles étaient cependant arrivées à un point de détente, d'ouverture l'une à l'autre suffisant pour s'aventurer un peu plus en profondeur, au-delà des simples faits, villes, filières et autres dates d'inscription.

« Et tu es contente ? » s'enquit Amélie, jugeant que cette très simple, très directe question touchait, après tout, à l'essentiel.

Laura cligna des yeux, apparemment décontenancée. Elle dévisagea sa tante ; Amélie lui rendit son regard, en se demandant si c'était la première fois qu'on lui posait la question.

La jeune fille avait parlé avec une volubilité inhabituelle chez elle. L'excitation nerveuse, la tension sous-jacente étaient évidentes dans sa voix, alors qu'elle décrivait un environnement, des études, une chambre qui seraient siens dans une poignée de semaines. Tout cet avenir était construit, précis, si proche qu'elle l'effleurait presque — et pourtant encore abstrait. Cela ne pouvait que lui faire un peu peur, au vu de sa fragilité tout particulièrement. Elle avait dû recevoir bien des félicitations, des manifestations de joie, de fierté devant cette évolution indéniablement positive, ce bond vers le futur. Peut-être l'avait-on aussi rassurée à demi-mot, percevant une angoisse en elle. Mais à l'évidence, personne n'avait songé à l'interroger de manière aussi honnête, aussi ouverte. C'était comme si admettre l'existence d'une peur revenait à la concrétiser, au lieu de permettre de mieux l'appréhender.

« Oui, dit-elle dans un souffle. Oui, très contente. C'est… c'est énorme. C'est comme un nouveau départ. »

Amélie hocha la tête. Elle se souvenait de l'exaltation d'un tel sentiment, bien qu'elle ne l'eût elle-même plus ressenti depuis longtemps. Elle savait que la nouveauté était un délicieux vertige, un saut dans l'inconnu. Ce plaisir sauvage se délectait tout particulièrement du fait d'abandonner ce qu'on avait été. Elle savait aussi que c'était en partie illusoire, comme tourner une page n'ouvre pas un livre neuf. Laura était marquée par un lourd passé. Elle ne pourrait pas en laisser les échos derrière elle rien qu'en claquant des doigts — ils continueraient de la façonner à chaque pas, à chaque choix. Le jour viendrait où elle l'accepterait. Elle avait pourtant bel et bien des pages vierges à remplir, et rien que cela justifiait amplement le frisson aigu qui la possédait à présent.

« L'avenir, dit-elle doucement. Tu as beaucoup de choses à construire… C'est normal d'avoir peur. Mais tu as assez de force en toi. »

Laura déglutit, gardant les yeux baissés et évitant de répondre. Visiblement, elle avait encore du mal à entendre ces mots prononcés à voix haute, et surtout à trouver la force de les approuver. Cela éveillait en elle une crainte irrationnelle, même si elle avait probablement dû se les répéter sans trêve, jusqu'à en être presque convaincue. Presque. Il y avait des peurs qu'on ne pouvait neutraliser qu'en leur faisant face, en vivant avec jusqu'à ce qu'elles finissent par se résorber. Le chemin à accomplir était encore long.

Amélie effleura la main de sa nièce, juste une brève pression, une présence. Laura eut un petit sourire, un peu frémissant. Elle respira lentement, profondément.

Elles arrivaient en vue de la maison, et Amélie ralentit insensiblement le pas. Si elle avait bel et bien envie de rentrer, après cette longue marche au soleil, et de retrouver son mari, elle souhaitait aussi savourer jusqu'au bout ce moment avec sa nièce. Matilda, à l'inverse, avait accéléré le pas en apercevant son but, et disparut bientôt à l'intérieur.

Les deux autres la suivirent ; elle laissa la porte grande ouverte derrière elle, traversa le hall d'un pas conquérant, puis eut une seconde d'hésitation devant l'escalier, avant de bifurquer en direction du salon. Amélie, qui s'était détournée pour ranger leurs affaires dans le placard, vit Laura s'immobiliser soudain. La jeune fille suivait sa cousine des yeux, les sourcils haussés. Amélie se retourna ; Matilda s'était figée dans l'encadrement de la porte, comme momentanément pétrifiée.

« Tiens, ça y est, vous êtes rentrées ! dit la voix de Jean-Claude. Vous avez passé un bon moment ?

J'espère que vous avez encore de belles photos à me montrer…

— Oui, on vient d'arriver, répondit Matilda, qui semblait s'être reprise. Bonjour, ajouta-t-elle avec raideur.

— Bonjour », répliqua une voix grave, qui sembla peu familière à Amélie.

Laura s'avança derrière sa cousine et se pencha par-dessus son épaule, comme Matilda ne faisait pas mine de bouger.

« Bonjour, Paul, dit-elle avec beaucoup plus de chaleur. C'est drôle de vous voir sur la terre ferme… »

Les deux hommes se mirent à rire. Avant que le dénommé Paul ait pu répondre, Matilda tourna les talons et s'engagea dans les escaliers sans ajouter un mot, laissant sa cousine, prise au dépourvu, s'avancer un peu plus dans la pièce. Amélie suivit la jeune fille des yeux, intriguée. Matilda était souvent fatigante, parfois bien désinvolte dans ses manières, mais elle l'avait rarement vue aussi glaciale, et même franchement impolie.

Lorsque Amélie les rejoignit dans le salon, Jean-Claude priait Laura de leur montrer ses photos, et elle eut donc tout le loisir de se tourner vers le dénommé Paul. Elle reconnut un marin qu'elle avait dû croiser une fois ou deux aux alentours, un homme assez jeune, propriétaire d'un voilier. Elle se rappela soudain avoir entendu son nom auparavant : son mari avait à plusieurs reprises évoqué un Paul, qui habitait dans la région, et avec qui il aimait parler bricolage et bateaux. Il ne lui avait jamais présenté cet homme, et elle ne pensait pas non plus les avoir jamais vus ensemble, ce qui expliquait son bref trou de mémoire. Pour se rattraper, elle lui adressa un large sourire.

« Bonjour ! dit-elle avec chaleur. Paul, n'est-ce pas ? Je suis Amélie, la femme de Jean-Claude. Je ne crois pas que nous nous soyons jamais rencontrés…

— Pas à mon souvenir, répliqua-t-il. Enchanté de faire votre connaissance. Je vais vous laisser en famille, ajouta-t-il à l'intention de Jean-Claude.

— Reste plutôt voir les photos de ma nièce, tu m'en disais tant de bien il n'y a pas dix minutes ! répondit Jean-Claude, l'air étonné. Tu ne vas pas devenir encore plus sauvage que moi, n'est-ce pas ? »

Paul sourit machinalement, avec presque l'air de penser que le mal était déjà fait. Il paraissait effectivement plutôt emprunté.

« Bon, d'accord, finit-il par se résigner. Vous avez l'air d'avoir pas mal de talent », dit-il à Laura, qui rougit.

Sur l'invitation de son oncle, cette dernière s'assit entre Paul et lui, sortant l'appareil de son sac. Amélie vint s'installer de l'autre côté de son hôte, dans l'espoir de le mettre à l'aise. Elle remarqua qu'il semblait réellement embarrassé, avec une légère rougeur qui semblait étrange sur ce visage viril, aux traits bruts

— un visage qui exprimait peu.

« Effectivement, pour un ami de mon mari, vous vous êtes fait plutôt discret ! remarqua-t-elle. Vous habitez ici depuis longtemps ?

— Je suis né dans la région, répondit-il d'un ton bref. Mais je n'y ai pas toujours vécu.

— Je connais Paul depuis des années », ajouta Jean-Claude, qui se penchait déjà sur les photos de Laura.

Paul jeta lui aussi un coup d'œil à l'écran du petit appareil, et Amélie l'imita machinalement, bien qu'elle eût déjà vu tous les clichés — dont, d'ailleurs, la plupart la représentaient. Un peu gênée de voir son visage défiler sous des angles multiples, elle finit par se reculer un peu, et chercha une contenance. L'ami de son mari croisa brièvement son regard, puis détourna de nouveau les yeux.

« Je ne vous fais pas peur, j'espère ? » plaisanta-t-elle, intriguée.

Dès que les mots eurent franchi ses lèvres, elle craignit d'avoir été maladroite. Cependant, il eut un petit rire.

« Toute cette famille se croit assez impressionnante, on dirait. Votre plus jeune nièce, au contraire, a l'air de penser que je la suis partout, expliqua-t-il. Je ne vais pourtant pas adopter une vie d'ermite jusqu'à ce que son séjour ici soit terminé…

— La jeunesse ! » répondit Amélie, en riant à son

tour.

C'était un peu une pirouette, car l'attitude étrange de Matilda ne se justifiait guère par son âge. Elle était cependant contente d'en savoir un peu plus sur la raison pour laquelle elle s'était montrée si désagréable, si étonnante qu'elle fût. Elle résolut de prêter plus attention à la jeune fille à l'avenir, ne serait-ce que pour la rappeler à l'ordre. Une tocade était probablement en cause.

Quoi qu'il en soit, Paul avait hoché la tête d'un air grave, même si, selon elle, sa propre jeunesse n'était pas si lointaine que cela.

« Vous avez l'air d'un vieux sage », plaisanta-t-elle, et il sembla pris au dépourvu.

Elle s'intima l'injonction de faire attention. Elle savait que sa nature spontanée pouvait s'avérer perturbante pour qui n'y était pas habitué. Cela avait été le cas lors de sa première rencontre avec Jean-Claude, ici même, alors qu'elle était en vacances chez une amie. À l'issue de leur conversation, elle avait été persuadée de le terrifier… et lui de l'ennuyer à mourir, comme il le lui avait plus tard avoué. Il fallait dire que ses deux frères avaient également été présents, rivalisant pour attirer son attention.

Mais c'était avec lui qu'elle avait de nouveau discuté la fois suivante, et la fois d'après. Ils avaient surmonté leurs incompréhensions initiales et leurs craintes respectives. Ils étaient si jeunes à l'époque… bien plus que ce Paul ne devait l'être aujourd'hui, et à peine plus vieux que Laura. Un sourire nostalgique étira ses lèvres, et elle chercha le regard de son mari. Cependant, il était entièrement concentré sur les photos de leur nièce.

« C'est moi qui vous fais rire ? s'enquit Paul.

— Allons bon, voilà que c'est vous qui faites dans la vanité ! s'exclama-t-elle en retour, taquine. Non, mon cher, ça n'a rien à voir avec vous. Je me perdais dans de vieux souvenirs, voilà tout. Je fais dans le sentimentalisme…

— Il n'y a pas de mal à cela, dit-il avec un sourire.

— Je suis ravie d'avoir votre bénédiction !

— Oh, je vous la donne de bon cœur.

— Croyez bien que je l'apprécie à sa juste valeur. »

Amélie s'amusait beaucoup. Elle se demanda pourquoi son mari ne lui avait pas présenté plus tôt ce jeune homme grave et spirituel à la fois, avec qui il semblait pourtant bien s'entendre depuis déjà quelque temps. D'un autre côté, elle n'avait jamais eu la curiosité de vraiment s'intéresser aux amis de Jean-Claude, qui était pourtant de nature plutôt solitaire. Elle le regretta ; sans doute cette complicité leur avait-elle manqué. Elle aussi avait des torts dans leur relation. Il ne lui serait jamais venu à l'idée de le nier, bien sûr. Le constater concrètement était cependant bien différent — une sorte de rappel à l'ordre qui ne pouvait lui faire que du bien.

Elle s'arracha de nouveau à ses réflexions en constatant que son voisin devait s'ennuyer profondément, malgré son expression impassible qui ne trahissait pas la moindre impatience. Jean-Claude et Laura n'avaient toujours pas terminé de contempler les photos, et elle-même s'était momentanément laissé distraire par ses pensées ; personne ne se préoccupait de lui faire la conversation.

« Alors comme ça, vous faites du bateau ? » commença-t-elle, se félicitant intérieurement de l'originalité de cette amorce.

À en juger par son sourire en coin, il avait eu la même pensée.

« Effectivement, depuis des années. J'ai un bateau, je répare des bateaux, je rêve à des bateaux, ma vie se résume aux bateaux, déclara-t-il d'un ton sobre, avec une fine nuance de sarcasme.

— J'ai bien cru que vous alliez terminer par "ma vie est un bateau" ! commenta-t-elle.

— Je me suis ravisé au dernier moment, désolé de vous avoir fait peur. La comparaison n'est pas si mauvaise, après tout. Tant que je ne prends pas l'eau, tout va bien, n'est-ce pas ?

— Mais certainement ! Restez bien au sec ! répliqua Amélie. Et comptez-vous partir au large pour de grandes aventures, dans ce cas ? »

Il haussa les épaules. « Ce n'est pas prévu au

programme, pas pour l'instant du moins. Je me contente de me laisser voguer, là où le vent me porte. Je ne suis pas un grand original. Le goût de la mer me suffit. »

Elle sourit, appréciant l'image ; il parut un peu pris au dépourvu. Il jeta un nouveau coup d'œil distrait à l'appareil de Laura. Cependant, son oncle et elle semblaient très absorbés, et il se retourna vite vers Amélie. Cette dernière observait, elle aussi, Jean-Claude et Laura. Elle ressentait une certaine proximité entre eux qui ne l'avait pas frappée auparavant, dans leurs visages penchés sur les mêmes images, leur attention studieuse, posée. Un douloureux pincement au cœur vint lui rappeler que cet homme n'avait jamais eu de fille, et que cette jeune fille n'avait plus de père.

Elle secoua la tête pour chasser cette idée perturbante ; en levant à nouveau les yeux, elle trouva le regard de Paul braqué sur son visage. Il sursauta, comme pris en faute, et elle rougit de confusion, priant pour que ses émotions ne soient pas trop visibles. Elle n'avait aucune envie de mettre leur invité mal à l'aise, mais des considérations intimes ne cessaient de ressurgir, de la distraire alors même qu'elle menait une conversation pourtant agréable et distrayante.

Elle se rendit soudain compte qu'à part son époux et ses nièces, elle n'avait pas vu grand monde depuis leur arrivée, et discuté avec encore moins de personnes. Ce huis clos leur offrait certes de partager de manière intense certains moments qui auraient filé sans se faire remarquer au sein de la routine coutumière. Forcés à se regarder et à se parler, les êtres s'en trouvaient confrontés en profondeur. Pourtant, une invasion extérieure, une discussion légère représentaient une sorte de trêve qu'Amélie goûta sans bouder son plaisir. Le sourire qu'elle adressa à Paul était large et franc, et il le lui rendit avec un peu d'hésitation.

Ayant terminé de montrer ses photos à son oncle, Laura monta l'escalier à pas légers, s'arrêta un instant sur le palier, puis frappa doucement à la porte de la chambre de Matilda. Seul le silence lui répondit. Elle hésita, sa main suspendue contre la poignée, des images de la journée défilant rapidement dans son esprit. Il y avait quelque chose de bizarre dans l'attitude de sa cousine, quelque chose qui ne tenait pas du caprice, de la simple saute d'humeur ou du désir d'attention. Renonçant à attendre, elle ouvrit la porte et fit un pas en avant.

Matilda était étendue sur le lit, roulée en boule, le dos tourné vers l'entrée. Elle se redressa et se retourna vivement au bruit que fit Laura, dévisageant sa cousine, qui était restée sur le pas de la porte, sans oser s'avancer.

« Qu'est-ce que tu veux ? demanda-t-elle d'un ton agressif.

— J'ai juste pensé que je pourrais passer te voir »,
répondit posément la jeune fille.

Instinctivement, elle sentait qu'il était préférable de
ne pas aborder le problème de front. Elle entra et
referma la porte derrière elle ; puis elle vint s'asseoir en
tailleur au pied du lit, dos à sa cousine, mais
suffisamment proche pour pouvoir la voir en tournant
simplement la tête. Elle ne parla pas tout de suite,
laissant le silence s'étirer un peu. Matilda jouait avec
ses cheveux, le regard sombre, un peu lointain.

« Il est parti ? demanda-t-elle enfin.

— Qui ?

— Ce gars qui n'arrête pas de nous tourner autour,
bien sûr ! Le marin, rétorqua Matilda avec agacement.

— L'ami d'oncle Jean-Claude ? Oui, il vient de s'en
aller. »

Laura ne posa pas de question et n'ajouta aucun
commentaire. Elle se contenta de patienter jusqu'à ce
que la frustration évidente qui agitait Matilda, qui
crispait ses mains et ses traits et la faisait s'agiter sans
trêve, finisse par déborder. Elle n'eut pas longtemps à
attendre.

« Je ne peux pas le voir, ce type, déclara Matilda avec
véhémence.

— Qu'est-ce qu'il t'a fait ?

— Il… »

La jeune fille secoua la tête, les yeux lançant des éclairs.

« Il est juste… tellement condescendant. Tu ne t'en rends pas compte ? Il se balade avec ses airs arrogants, sur son bateau, et il nous traite comme des gamines. Il est toujours dans le coin à nous tomber dessus à tout moment, à nous dévisager… Il me tape sur les nerfs ! Je n'arrive plus à le supporter ! »

Laura cligna des yeux, un peu effarée.

« D'accord… dit-elle lentement. Non, effectivement, je n'avais pas ressenti les choses comme ça… »

La violence à demi contenue dans les paroles de sa cousine l'avait fortement surprise. Elle avait pourtant été très consciente de la tension entre Paul et cette dernière. Sur le bateau comme dans le salon il n'y avait que quelques minutes de cela, Matilda s'était montrée brusque, provocante, très peu amène. Laura avait cependant considéré cette attitude comme un caprice, une antipathie spontanée qui ne s'embarrassait pas de justifications. Elle était loin de s'attendre à un mouvement aussi passionné qui, tenant plus de la paranoïa que de l'aversion irrationnelle, construisait des griefs de toutes pièces avec une énergie furieuse, partant de la moindre impression pour l'exacerber à l'extrême.

« Vous avez déjà parlé, tous les deux ? s'enquit-elle d'une voix prudente. Plus que quelques mots, je veux dire ? »

Un tic nerveux agita un muscle sur la mâchoire de

Matilda.

« Brièvement, marmonna-t-elle. Je suis tombée sur lui hier soir.

— Et ça s'est mal passé ?

— Bien sûr que ça s'est mal passé. Il m'a fait peur, et ensuite il m'a vraiment traitée comme une petite fille, c'était franchement humiliant ! »

Bien qu'elle s'abstînt de le dire, Laura trouvait que sa cousine avait tout d'une petite fille à cet instant : une enfant à bout de nerfs, désemparée face à la résistance opposée à ses foucades, qui tapait du pied pour se faire remarquer tout en ravalant ses larmes. Elle tendit la main et effleura les doigts de Matilda, qui sursauta. Il y eut un moment de gêne.

« En tout cas, je n'en peux plus de le voir traîner autour de nous, continua la plus jeune d'une voix sourde. Il le fait exprès ou quoi ? On dirait qu'il prend un malin plaisir à être tout le temps dans nos jambes !

— Il habite ici, et il est ami avec oncle Jean-Claude, fit valoir Laura.

— Peut-être, mais le fait est qu'on ne l'avait jamais autant vu auparavant… Je ne me souviens même pas de l'avoir jamais vu, d'ailleurs.

— On n'est pas venues si souvent que ça. Peut-être que tu ne le remarques que maintenant parce qu'à l'époque tu ne savais pas qui c'était ? » suggéra-t-elle.

Matilda se renferma dans un silence boudeur, comme

quand elle savait qu'elle avait tort. C'était toujours mieux que de s'entêter pour dire d'avoir le dernier mot, supposa Laura. Elle tambourina du bout des doigts contre le montant du lit, gagnée par l'agacement. Elle était venue dans l'espoir de démêler la cause profonde et réelle de l'agitation de sa cousine, au-delà des explosions de frustration immatures. En récompense de son attention, elle ne recevait que des jérémiades, et une indifférence proche du dédain à ses arguments. Elle se releva et s'avança vers la porte, résignée.

« Où est-ce que tu vas ? lança Matilda derrière elle.

— Apparemment, tu n'as besoin de personne pour te faire ta propre idée et rester bien ancrée dessus. Je ne vais pas essayer de te faire changer d'avis, répliqua-t-elle. Tu te fais du mal pour rien, c'est tout. Paul n'a rien fait pour justifier que tu le détestes autant. Si tu réfléchissais un peu, tu le verrais. »

Sa cousine resta pétrifiée derrière elle. Elle ne devait pas avoir l'habitude qu'on lui dise ses quatre vérités. Mais elle non plus n'avait pas l'habitude de se trouver dans le rôle opposé, songea Laura en ouvrant grand la porte. C'était une sensation étrange — une montée d'adrénaline, une impulsion qui s'emparait d'elle et qu'il lui semblait observer de loin, en spectatrice. C'était une autre Laura qui venait de remettre sa cousine à sa place. Mais cela lui ferait une expérience, peut-être même lui serait-ce utile à l'avenir. Ça pouvait servir, de rabattre le caquet des gens, de temps à autre. Dans certaines situations, c'était certainement un service à leur rendre.

« Attends », entendit-elle dans son dos.

Elle marqua une pause, restant debout sur le seuil jusqu'à ce que vienne la suite.

« Tu penses que je déraille ? » poursuivit Matilda, et cette fois-ci, il y avait une nette nuance de vulnérabilité dans son ton provocant.

Elle se retourna. « Non, je pense juste que ton attitude n'est pas justifiée, dit-elle.

— Je ne peux pas le supporter, affirma sa cousine avec force. Je ne sais pas pourquoi. Partout où je passe, il est là et quand il n'y est pas, je suis tendue parce que je m'attends à ce qu'il apparaisse. C'est tordu, et c'est stupide, ce type n'a aucun intérêt. Je ne sais pas ce qui m'arrive. Ça… ça me fait un peu peur.

— Il n'en est pas responsable.

— Mais qu'est-ce qu'il a de spécial ? s'emporta Matilda. C'est un gars qui construit des bateaux… ou les répare, ou quelque chose comme ça, je n'en sais rien et je m'en fiche complètement. Lui et moi, on n'a rien à voir. Il ne m'attire absolument pas — arrête de me regarder comme ça, je sais bien que c'est ce que tu penses. Je ne le trouve pas beau ni intéressant, il ouvre à peine la bouche, et quand c'est le cas, il est assommant. Mais il me rend nerveuse et je n'arrête pas de le regarder, comme s'il me faisait peur… Ça n'a pas de sens. Tu penses que ça n'a pas de sens, pas vrai ? Dis-le-moi. Je le sais déjà, de toute façon.

— Faire une fixation sur lui ne changera rien à tout ça. Ni le détester. Tu ne fais que te focaliser encore plus sur lui.

— Mais je ne peux pas m'en empê…

— Je vais reposer ma question, coupa Laura. Tu as essayé de lui parler ?

— Je t'ai dit que oui.

— Et moi, j'ai dit parler, pas agresser ni provoquer. »

Matilda resta muette quelques instants.

« Il pense que je ne suis qu'une gamine imbécile, voire à moitié folle, finit-elle par dire.

— Tu ne lui as pas vraiment prouvé le contraire.

— Parce que maintenant c'est ma faute ?

— Oui. »

Encore un silence pour toute réponse : Matilda n'avait visiblement vraiment pas l'habitude qu'on la mette face à ses réalités.

Laura la regarda attentivement. Assise au bord du lit à présent, un peu penchée en avant, elle se mordillait la lèvre d'un air à la fois anxieux, en colère et concentré. L'aînée ressentit une soudaine bouffée de tendresse pour cette cousine trop gâtée, insolente, effarée que quelque chose lui résiste et refuse de plier devant elle. À cet instant, c'était réellement une petite fille perdue, accoutumée à une vie désabusée et facile, et qui ne comprenait pas ce qui lui arrivait. La complexité des sentiments, des attirances, la douleur et les tiraillements des rapports humains, tout cela lui passait encore au-dessus de la tête. Laura eut envie de lui toucher les cheveux et de lui dire de cesser de croire pouvoir tout contrôler. Elle le savait, elle, qu'on ne maîtrise rien de ses mouvements profonds, que tout vous traverse et vous emporte. Mais Matilda, la petite reine, l'ignorait encore.

« Ça va aller, tu sais, dit-elle d'une voix douce. Ce n'est pas si compliqué. Tu devrais juste aller lui parler. Tu n'as pas envie de te sentir en faute plus longtemps, je me trompe ? Tu le vis mal, et ça te rend encore plus agressive.

— Je me suis déjà excusée, répondit Matilda d'une petite voix.

— Refais-le.

— Il s'en fiche…

— Mais toi, tu ne t'en fiches pas. C'est ce qui compte.

— Et après ? »

Elle avait levé la tête, les yeux grands ouverts, et attendait le verdict de sa cousine, avec l'air de se fier entièrement à elle. Voilà ce qui lui manquait, quelqu'un pour la conseiller et la secouer un peu quand il le fallait. C'était là une responsabilité, mais dans l'immédiat, Laura pouvait l'assumer — faute de mieux. Il suffisait de respirer à fond et de se faire confiance. Quelqu'un avait besoin d'elle.

« Après, tu fais ce que tu veux. Tu peux l'ignorer. Tu peux essayer de le connaître. On ne va pas passer encore des mois ici. C'est à toi de décider, et à lui aussi, bien sûr. Pour l'instant, contente-toi juste d'arrêter ce petit jeu, d'accord ? »

Aux mots de « petit jeu », une lueur blessée et rebelle était passée dans le regard de Matilda, mais elle hocha tout de même la tête, les sourcils froncés, avec une moue un peu découragée.

Estimant avoir fait ce qu'elle avait à faire, Laura se glissa prestement dehors, cette fois-ci sans qu'on la rappelle. Sa cousine avait besoin de réfléchir, et elle, elle avait besoin d'un peu de silence et d'espace. Cette journée avait été riche — en mots, en images, en confiance et en inquiétudes. Le trop-plein d'émotions menaçait de la submerger.

Elle osa pourtant se sourire à elle-même, presque avec fierté. Elle se sentait s'ouvrir, aux autres et à l'avenir. Ça faisait peur et un peu mal, et c'était comme une immense aventure — qui ne faisait que commencer.

VIII

La sonnerie du téléphone était venue comme une surprise, et ce fut Jean-Claude qui se leva machinalement pour aller décrocher. La voix de sa belle-sœur dans l'appareil le fit, elle aussi, légèrement sursauter. Se ressaisissant, il ne tarda pas à prononcer silencieusement les mots « Appelle Laura » à l'adresse d'Amélie, qui l'avait suivi du salon au couloir, où se trouvait le téléphone.

Le fait qu'Hélène appelle n'était en soi ni étonnant ni inhabituel. Il ne parvenait jamais à trouver la bonne attitude avec elle, voilà tout. Elle n'était d'ailleurs sans doute, techniquement parlant, plus sa belle-sœur, bien qu'elle ne se fût jamais remariée. Pourtant, après l'accident, après des années de deuil et quelques compagnons qui n'avaient été que de passage, elle demeurait aux yeux de tous l'épouse de Michel. Qu'est-ce qui était le plus respectueux, lui laisser ce statut au mépris du temps, ou la considérer pour ce qu'elle était à présent, une femme seule et une mère, empêtrée encore dans les liens du passé ?

Sa voix fatiguée l'incitait à la prudence, à la prévenance. Elle le mettait mal à l'aise aussi, en le confrontant à une responsabilité qu'il n'avait jamais réellement assumée. La famille entière s'était regroupée autour de la veuve et de l'orpheline, et lui, Jean-Claude, était resté à l'écart. Oh, évidemment, il s'était montré prêt à leur venir en aide de toutes les manières possibles — mais au niveau émotionnel, il avait conservé une certaine distance. Il s'était protégé, retiré en lui-même, gardant jalousement ses tourments, ses doutes et ses remords. Même s'il ne le regrettait pas vraiment, il était assez lucide pour réaliser l'égoïsme d'une telle réaction. Il y repensait souvent, en croisant le regard de Laura, en entendant la voix lointaine de sa belle-sœur, qui n'avait jamais retrouvé toute sa vitalité. Sans certains non-dits, peut-être les choses auraient-elles été bien différentes. Dans ce cas précis, il taisait son incertitude comme un secret.

Justement, Laura arrivait à pas légers, lui prenait le téléphone des mains et se détournait à demi pour parler à sa mère. Il fit quelques pas en arrière, battit en retraite dans le salon, suivi par Amélie. Avant cette interruption, ils avaient débuté une conversation ponctuée de silences songeurs. Il lutta un moment pour en reprendre le fil, et finit de guerre lasse par abandonner, se laissant tomber dans un fauteuil et observant sa femme, tandis qu'elle arrangeait d'un air absent des bibelots sur l'étagère.

Il revit en esprit les photos de Laura. Le visage d'Amélie, son sourire l'avaient frappé avec d'autant plus d'évidence, dans ces instants capturés artificiellement mais avec une telle intensité. Il avait à peine pu en détacher son regard. Focalisé sur ces images, ces visages multiples, cette tendresse qui irradiait de chacun de ses traits, il avait complètement oublié le monde qui l'entourait. Il lui avait semblé la redécouvrir, et il se demanda s'il avait réellement été aussi aveugle. La douce maturité dans ses yeux, dans le tracé de sa bouche, ses cheveux épais, ses sourcils arqués et expressifs… Elle était belle avec profondeur, comme une lumière tamisée, qui rayonne et réchauffe au lieu d'éblouir. Il avait passé tant d'années à ne faire que l'apercevoir, à la laisser évoluer autour de lui sans jamais goûter à sa juste valeur la saveur de cette vie commune… Il n'y avait plus de temps à perdre. Il lui fallait trouver la force d'exprimer ce qu'il avait sur le cœur.

« Les photos de Laura étaient magnifiques », dit-il à voix basse.

Il leva les yeux, et se rendit soudain compte qu'il venait de l'interrompre au milieu d'une phrase. Sa voix basse et calme se mêlant aux murmures de leur nièce à travers la porte entrouverte, il s'était à peine aperçu qu'elle lui parlait tandis que son esprit vagabondait, si proche d'elle et si lointain à la fois. La confusion et la crainte d'un énième malentendu firent un peu trembler ses mains alors qu'il se levait. Elle l'observait, sans commentaire, sans expression.

« Désolé… j'étais… un peu distrait, poursuivit-il vaillamment. Je… je les ai vraiment beaucoup aimées. Magnifiques.

— Cette petite a beaucoup de talent, répliqua Amélie.

— Je sais. Elle t'a vraiment… »

Il lutta un instant pour trouver ses mots.

« Tu étais… lumineuse. Ça m'a frappé. »

Elle cligna des yeux, prise au dépourvu.

« Merci », dit-elle doucement.

Il tendit une main comme pour la poser sur l'épaule de sa femme, mais suspendit au dernier moment ce geste, qui lui semblait trop neutre et peu naturel. Rassemblant son courage, il s'avança encore, posa sa bouche sur la sienne en un baiser chaste qui leur était coutumier. Il prolongea, approfondit ce contact des lèvres, un peu maladroit. La chaleur du souffle d'Amélie lui redonnait de la force. Elle passa un bras autour de son cou, le serrant un peu trop fort, comme pour le retenir. Lorsqu'ils se séparèrent, elle émit un faible soupir qui résonna entre eux comme une délivrance, trop longtemps attendue.

Un bruit soudain les fit sursauter — un vieux téléphone brutalement raccroché. Le silence régna pendant quelques secondes. Puis ce furent des pas qui s'éloignaient, brusques et rapides, résonnant dans le couloir et les escaliers avant d'être étouffés par la distance.

Ils échangèrent un regard. Jean-Claude avait du mal à réfléchir clairement, comme s'il était déconnecté du monde extérieur. Seul l'instant présent existait, suspendu, au goût de vertige — lui, elle et cette pièce. Pourtant, une ombre était passée dans les yeux d'Amélie, et elle lui adressa un très léger signe de connivence avant de passer devant lui, de sortir, de s'éloigner dans la maison.

Elle pensait visiblement qu'il comprendrait. Bien sûr — le téléphone, Laura, les bruits cassants de mauvais augure. Son cerveau lui fournissait des informations fragmentées, une vague inquiétude, mais il était comme détaché. Tout lui semblait lointain.

Il tourna sur lui-même, balaya la pièce du regard sans vraiment la voir. En fermant les yeux, il sentait encore Amélie entre ses bras, pendue à son cou. Il tenta de se focaliser sur cette présence, de ne penser qu'à elle, laissant derrière lui ses peurs égoïstes. Il lui fallait oser se mettre à nu, une bonne fois pour toutes — lui faire ce cadeau. Ce baiser n'était qu'un timide premier pas. Il avait encore une chance à saisir, s'il parvenait à tendre la main.

Laura, allongée sur son lit, ne fit pas mine de bouger quand Amélie entra. Sa tante hésita sur le pas de la porte, se demandant brièvement si elle devait bien intervenir. Ce n'était sans doute pas ses affaires ; peut-être son impression était-elle fausse, ou plutôt exagérée. Sa présence n'était pas nécessaire.

Dans l'incertitude, elle regarda sa nièce, s'efforçant de déduire de ses réactions la conduite à tenir. La jeune fille fixait le plafond d'un regard vide, complètement immobile. Elle ne semblait pas agitée ni bouleversée, simplement fatiguée. Amélie s'avança et s'assit au bord du lit.

« Ça va bien, dit Laura au bout d'un moment, d'une voix détachée.

— Je suis contente de l'entendre », répliqua calmement Amélie.

Elle détourna la tête et aperçut un oiseau de papier, posé en équilibre instable près de la lampe de chevet. Elle le prit machinalement, passa ses doigts sur les ailes. Elle vit alors un autre pliage posé derrière, puis un autre : la table de nuit et le bureau étaient parsemés de petits origamis. Elle eut un sourire un peu frémissant, émue devant ce travail d'enfant solitaire.

« J'adorais faire des pliages, quand j'étais petite, dit-elle. Le seul problème, c'est que j'étais nulle. J'essayais et j'essayais encore, je m'appliquais, mais rien n'y faisait. Le papier se froissait et se déchirait sous mes doigts. C'était terrible.

— Ça aide beaucoup pour se calmer », répondit vaguement Laura.

Elle détacha son regard du plafond pour jeter un bref coup d'œil à sa tante, puis se mit à jouer avec une mèche de ses cheveux, qu'elle enroulait autour de son doigt avant de la lâcher, puis de l'entortiller à nouveau. Amélie reposa l'oiseau, avec l'impression de s'immiscer dans l'intimité de la jeune fille.

« Comment va ta maman ? » s'enquit-elle, déterminée malgré tout à aller jusqu'au bout, à présent qu'elle était là.

Laura eut un haussement d'épaules, tout son corps s'arquant légèrement, conséquence de sa position allongée.

« Pas mal, dit-elle. Elle prend des cours de yoga. Elle va nager deux fois par semaine. Je lui manque, et je vais lui manquer encore plus quand j'aurai déménagé. Comme d'habitude. Elle m'a demandé des nouvelles de vous tous. Je lui ai dit que tout le monde allait bien. »

Elle jeta un bref regard à Amélie.

« J'ai eu raison, non ?

— Bien sûr », répondit sa tante, la gorge soudainement un peu nouée.

Laura hocha la tête.

« Je ne suis pas sûre qu'elle aurait fait très attention si je lui avais dit le contraire, poursuivit-elle. Mais elle m'a rappelé de bien manger, et qu'elle m'aimait. Je lui enverrai quelques-unes de mes photos. Ça devrait lui faire plaisir.

— Tu es tellement importante pour elle, dit Amélie, avec l'impression d'énoncer inutilement une évidence.

— Je suis tout ce qu'elle a », répondit Laura.

Un silence pesant suivit cette sobre affirmation. Amélie chercha les mots justes, et les trouva tous absurdes, décalés. Elle n'en avait aucun à offrir à la jeune fille étendue auprès d'elle, les yeux au plafond et les bras le long du corps, le visage sans expression. Elle se contenta de chercher sa main à tâtons, de la serrer en silence. Laura cligna des yeux.

« Ça va, répéta-t-elle. Ça fait longtemps qu'on se soutient, toutes les deux… comme on peut. Elle n'est pas seule, et moi non plus. Ça lui fera bizarre quand je serai partie, voilà tout. Mais j'ai besoin de partir. Le plus vite possible. »

Elle marqua une pause, puis ajouta dans un souffle :

« J'aime vraiment être ici, tu sais. Avec vous tous. C'est… différent. »

Bouleversée et désarmée devant ces mots simples et sincères, Amélie ne put que hocher lentement la tête.

« J'ai l'impression de pouvoir être juste moi, poursuivit Laura. Sans avoir toujours à me surveiller, à m'inquiéter de ce que les autres vont penser. Oncle Jean-Claude et toi, vous m'avez fait me sentir chez moi. »

Elle sourit.

« Tu ne peux pas savoir à quel point je suis contente d'entendre ça, murmura Amélie.

— J'ai pensé qu'il fallait que je te le dise. C'est important pour moi. »

À son tour, Amélie fixa le plafond et respira profondément, afin de parvenir à prononcer les mots suivants sans que l'émotion la submerge.

« Tu sais, Laura, j'ai toujours voulu une fille… ou des filles, commença-t-elle lentement. Petite, j'avais deux frères, plutôt turbulents, et j'avais vraiment envie de pouponner, de prendre soin d'une sœur. Ensuite, j'ai eu mes fils… Ce sont les trésors de ma vie, tous les deux, mais des garçons, c'est très différent… Ils n'ont pas forcément envie de se faire dorloter par leur vieille mère, de lui faire des confidences. Le rapport n'est pas le même — d'une grande force, mais à un niveau différent. Bref… J'ai souvent désiré un troisième enfant, bien que ce soit un peu déraisonnable. Je voyais une petite fille dans mes bras… Nous avons essayé, avec ton oncle, mais ça n'a pas marché. Les années ont passé et j'ai fait le deuil de cet espoir, même s'il m'arrive d'y repenser encore. Peut-être, dans le fond, n'était-il pas tout à fait sain… Je voulais cette petite fille comme on s'accroche à un rêve d'enfant, et un bébé ne se fait pas pour satisfaire un désir égoïste. C'est dans le don de soi qu'on devrait devenir mère. J'ai un peu perdu le fil, je crois, mais je voulais te parler de tout ça pour une raison… »

Elle tourna la tête, croisa le regard grave et attentif de sa nièce.

« Si j'avais eu une fille… j'aurais été fière qu'elle soit comme toi. Tu as des failles profondes, mais aussi une très grande force, même si tu n'en es pas vraiment consciente pour l'instant. Tu es sensible, attentive aux autres… Tu es une belle personne, Laura, et quand je te regarde, j'ai très envie de te voir avancer vers ton avenir. Tu le mérites. »

Les yeux de Laura s'embuèrent, et Amélie détourna la tête, lui accordant un moment d'émotion intime. Elle tenait toujours la main de sa nièce dans la sienne, et l'étreinte de leurs doigts se resserra. Enfin, Laura eut un long soupir.

« Merci, dit-elle à voix basse.

— Ce n'est que la vérité.

— Merci de me le dire, dans ce cas. Merci de te confier à moi, et… merci pour tout. »

Amélie acquiesça lentement. Étendue sur le lit de sa nièce, elle regarda le rai de lumière venu de l'extérieur s'étirer et pâlir au plafond, et puis ferma les yeux, savourant un instant de connivence profonde.

Jean-Claude descendit lentement le chemin qui menait à la plage, perdu dans ses pensées. Des aboiements au loin vinrent troubler le silence, mais il ne sursauta pas, ne leva pas la tête pour en rechercher la source. De toute manière et qu'il le veuille ou non, cette dernière ne tarda pas à se jeter dans ses jambes, truffe tiède, poil mouillé et gémissements amicaux, en manquant de le renverser.

« Bon chien », marmonna-t-il, en s'agenouillant pour le gratter derrière les oreilles.

L'animal couina et aboya chaleureusement. Ses petits yeux brillants étaient cachés sous une impressionnante masse de pelage, mais Jean-Claude les savait humides et chaleureux. Voilà bien une bête qui ne s'embarrassait pas de mots, d'explications épineuses, d'hésitations et de peurs récurrentes. Elle se contentait de vivre, heureuse et généreuse. Allons bon, voilà qu'il en venait à envier un chien, à présent.

« Couché, Alceste ! »

Il leva les yeux pour croiser le regard du maître. Paul les observait, les mains enfoncées dans ses poches, le visage impassible. Il était égal à lui-même — aussi peu expressif que son animal était expansif, éternellement flegmatique, parfois jusqu'à la froideur. Pourtant, plus tôt avec Amélie, il s'était montré tout à fait agréable. Jean-Claude songea que sa femme avait un don pour mettre les gens à l'aise, leur manifester de l'intérêt, de la chaleur humaine. Elle l'avait charmé dès leur première rencontre, presque envoûté de son énergie et de sa douceur. Le fait de lui avoir plu en retour, de l'avoir épousée lui apparaissait encore comme un miracle, lorsqu'il prenait le temps d'y réfléchir.

« C'est une brave bête, dit-il pour briser le silence.

— Oui, répliqua Paul. Oui, c'est le parfait compagnon. »

Jean-Claude se redressa, distrait par les petits coups

de museau d'Alceste contre ses jambes. Le chien se dressa sur ses pattes arrière et pressa ses pattes avant contre sa taille, si bien qu'il vacilla et faillit tomber. L'animal aboya ensuite d'un air joueur et assez content de lui.

Jean-Claude se mit à rire. Le son semblait un peu tremblant, peu naturel à ses propres oreilles. En face de lui, Paul fronça légèrement les sourcils. Il rappela son fidèle compagnon, qui vint se presser contre lui en haletant affectueusement.

« Lui aussi, ma nièce voudra peut-être le prendre en photo, remarqua Jean-Claude en regardant la bête. Elle ne l'a pas encore vu, non ? »

Paul eut à son tour un rire bref.

« Ce gros patapouf ? Pourquoi pas, ça lui fera un souvenir… Je lui souhaite bien du plaisir pour le faire tenir tranquille, par contre.

— Si tu veux toujours un coup de main avec ce bateau dont tu m'as parlé, elle pourrait venir avec son appareil, poursuivit Jean-Claude. D'ailleurs, un peu de main-d'œuvre supplémentaire ne sera pas du luxe quand il faudra le repeindre. Je demanderai aussi à Matilda. Ça ne lui fera pas de mal de se rendre utile, c'est une gamine très sympathique, mais elle a un peu tendance à penser que l'univers tourne autour de son petit nombril.

— Elle ne m'aime pas vraiment, je ne suis pas sûr que ce soit une bonne idée.

— Pourquoi est-ce qu'elle ne t'aimerait pas ? » s'étonna Jean-Claude en fronçant les sourcils.

Paul haussa les épaules.

« Un caprice d'adolescente, sans doute. Je crains de n'avoir pas manifesté à son nombril toute l'attention requise…

— Elle oubliera tout ça si on lui fournit de quoi s'occuper, décréta Jean-Claude. Cette petite ne tient pas en place, elle s'ennuie un peu ici… Repeindre un bateau n'est sûrement pas l'idée qu'elle se fait de la distraction idéale, mais si tout le monde s'y met, ce sera très sympathique. Oui, j'aime beaucoup l'idée. Qu'est-ce que tu en dis ? »

Paul hésita un instant. Grattant machinalement Alceste derrière les oreilles, il jeta un regard au chien, puis releva la tête et répondit :

« Oui, pourquoi pas ? Je voulais un peu d'aide, mais je ne m'attendais pas à ça, bien sûr… En même temps, je ne vais pas me plaindre. Merci beaucoup.

— Oh, mais ça me fait plaisir. Il n'y a pas de problème. »

Il y eut un instant de flottement. Pendant quelques secondes, ils restèrent immobiles, puis Jean-Claude fit un pas hésitant en direction de la plage. La compagnie de Paul ne le dérangeait pas, mais ce dernier ne semblait pas trop savoir s'il désirait ou non se joindre à lui. Ce fut Alceste qui brisa la glace en bondissant de nouveau dans les jambes de Jean-Claude, qui l'évita de justesse. Il s'élança ensuite vers la côte, rapide bien que pataud. Les deux hommes échangèrent un bref sourire avant de suivre l'animal qui gambadait.

Le silence n'était brisé que par le grondement des vagues et les aboiements du chien, mais Paul était l'une des rares personnes que Jean-Claude estimait encore plus réservées que lui-même, et il ne se fit donc pas violence afin de trouver un sujet de conversation. Il se contenta d'observer le paysage, retrouvant cette sensation de détachement qui l'avait assailli un peu plus tôt. C'était comme si le monde tournait autour de lui, et qu'il assistait en spectateur à cette grande révolution. Il repensa à Amélie, à son visage, à leur proximité si brève. Il jeta un regard à l'homme à ses côtés, et se demanda s'il avait jamais été amoureux. Lui, à cet âge, était marié et père de famille, encore étourdi de sa propre chance. Le destin avait décidé, par un quelconque caprice, qu'il était temps pour lui de passer de la discrétion du petit frère dans l'ombre de ses aînés à la responsabilité, magnifique et écrasante, de chef de famille. Chef pour la symbolique du terme, évidemment, car Amélie était à ses côtés, stable, généreuse et pleine d'énergie, pour le soutenir dans ses moments de doute.

Il s'était accoutumé à sa présence, son naturel, la ferveur qu'elle mettait en toutes choses. Il avait appris à connaître chaque nuance d'elle, et oublié de s'en étonner, de s'en émouvoir au jour le jour. C'était arrivé lentement, si bien qu'il aurait été incapable de dire exactement quand ils s'étaient détachés l'un de l'autre, quand l'habitude s'était changée en malaise, quand elle l'avait compris. Bien avant lui, sans doute… Quoi qu'il en soit, le mal était fait et il lui fallait à présent le défaire : aller creuser au plus profond de lui-même, en tirer l'émotion brute et le besoin d'elle, pour enfin les exprimer. C'était se dénuder et s'offrir, dans la vulnérabilité la plus complète. C'était effrayant et salvateur.

Il n'aurait jamais cru que les plus violentes luttes pour l'être aimé se déroulent une fois la quarantaine bien passée, les enfants élevés, la vie posée, nichée dans son cocon douillet. La fusion, les déclarations d'amour en délire, la volonté farouche de construire avec l'autre et pour l'autre, en défiant le monde extérieur — tout cela était une puissante ivresse qui vous donnait la force de bouleverser des cieux et de déplacer des mers. L'absolu, tout donner, se perdre en l'autre étaient alors une impérieuse nécessité. Bien plus tard, une fois les armes déposées et les royaumes conquis, c'était à soi-même qu'il fallait faire violence, pour garder ses yeux, ses lèvres et son cœur ouverts. Du moins, c'était ainsi qu'il voyait les choses. Peut-être était-ce plus facile pour les autres… Peut-être le problème ne venait-il que de lui, de ses peurs, ses pudeurs.

Le soupir qui lui échappa venait de loin et exprimait une profonde lassitude. Paul tourna légèrement la tête, croisa son regard. Ses yeux étaient calmes, pensifs, et non interrogateurs. Jean-Claude fut saisi d'un puissant sentiment de proximité avec cet homme plus jeune mais qui lui était si semblable, enfermé lui aussi dans sa réserve. Ouvrant la bouche, il humecta nerveusement ses lèvres sèches, sans vraiment savoir ce qu'il allait dire. Le besoin de se confier l'envahissait, simple et impérieux.

« Je… » commença-t-il d'une voix un peu éraillée, avant de s'interrompre, avec une mordante sensation de ridicule.

Il était incapable d'exprimer ce qu'il avait sur le ventre, et quand bien même il aurait pu, il était absurde de faire cet effort avec une connaissance, un ami un peu lointain, et non pas avec sa propre épouse. Pourtant, il lui fallait trouver les mots, la force. Des confidences fortuites, un peu heurtées, pourraient lui permettre de mieux se comprendre lui-même, de trouver par la suite l'assurance qui lui manquait pour faire le premier pas. Il hésita, torturé par la gêne et l'incertitude. Paul avait détourné la tête.

« Merci encore pour votre proposition, pour le bateau, dit-il calmement. Ça va vraiment bien m'aider, et la petite qui aime bien prendre des photos devrait s'amuser.

— Elle s'appelle Laura, précisa machinalement Jean-Claude. C'est la fille de mon frère, Michel.

— Et l'autre, la plus jeune, c'est sa cousine ?

— Oui. Les deux filles de mes frères. Moi, je n'ai eu

que des garçons. Deux garçons. »

Paul hocha la tête, fixant l'horizon.

« Quel effet ça fait ? demanda-t-il au bout d'un moment. D'être père, je veux dire. »

Jean-Claude hésita.

« C'est magnifique… Et terrifiant. C'est énorme, en fait. On se retrouve avec la responsabilité entière d'un être complètement vulnérable, pour des années et des années… Et on l'aime de toutes ses forces, comme on n'aurait jamais cru pouvoir aimer. C'est très… fort, instinctif. Moi qui ai toujours été assez pudique dans mes sentiments, en tout cas, ça m'a fait cette impression. J'étais dépassé. Et pourtant, il faut bien avancer, tenir son rôle — à deux, heureusement. Jusqu'au moment où les enfants s'envolent, et on n'a pas vu passer les années… »

Sa voix s'éteignit doucement, laissant la phrase presque inachevée. Il était difficile de placer un mot après l'autre sur des émotions aussi fortes. Cependant, une fois sortis, ils résonnaient avec distance et sobriété. Il sentait leur justesse, et s'en trouvait encouragé, rassuré.

Il se savait tout près. Le sujet qui le tourmentait était au bout de ses lèvres, la transition évidente, frappante ; il semblait presque que la question de Paul, par quelque caprice du destin, ne soit venue que pour amener Jean-Claude à ce qu'il n'aurait pu exprimer de lui-même, par un chemin détourné.

« J'ai eu de la chance, dit-il à voix basse. Ma femme est une mère merveilleuse. Elle voulait… elle voulait une fille, mais nous n'avons pas pu… En tout cas, avec nos fils, elle était fantastique. Quand ils s'attiraient des ennuis, des bêtises de gamins, quand ils ne réfléchissaient pas et qu'on ne savait pas comment les raisonner, elle finissait toujours par trouver comment s'y prendre avec eux. Elle leur parlait, les regardait, et avec le temps, ils l'écoutaient toujours. Elle est très… attentive. Avec nos nièces aussi, elle est comme ça. Presque trop parfaite. Il y a des jours où ça me fait peur. Elle sait parler aux gens, elle sait vivre — elle a ça en elle. Elle mérite ce qu'il y a de mieux, parce qu'elle donne tellement et sans arrêt. C'est… Je n'ai jamais rencontré une autre personne comme elle. »

Il se tut, le visage soudain en feu. C'était ironique : tant de temps passé à se débattre pour que les mots sortent, et d'un seul coup, c'était comme si les barrières s'étaient écroulées, comme si un fleuve s'écoulait par ses lèvres, un déferlement d'amour et d'émerveillement qui emportait tout sur son passage. Et il dévoilait ses sentiments les plus intimes, son angoisse profonde de ne pas être à la hauteur, à un presque étranger qui n'avait rien demandé. Paul s'était raidi à ses côtés, lui semblait-il — ou bien était-ce un effet de son imagination ? Il se tenait parfaitement immobile, en tout cas, solide comme un roc, sans un commentaire.

« Désolé, balbutia Jean-Claude. Je… je ne sais pas pourquoi je te raconte tout ça. Ce n'est pas franchement une réponse à ta question. »

Paul s'éclaircit la gorge.

« En quelque sorte, si… dit-il d'une voix sourde. Ne vous inquiétez pas. Tout le monde a besoin de parler, à un moment ou à un autre.

— Oui », souffla Jean-Claude.

Il se força à respirer profondément, à se contrôler.

« J'ai toujours eu du mal… à parler. Tu te trouves juste au mauvais endroit au mauvais moment, mon pauvre ami.

— Je connais, marmonna Paul.

— Je devrais plutôt essayer de communiquer avec les personnes qui auraient besoin de savoir ce que je ressens, au lieu de t'imposer ça.

— Ce n'est pas grave, répondit-il calmement. Faites ce que vous voulez, si vous avez besoin de quelqu'un d'extérieur pour vous écouter. »

Jean-Claude acquiesça, se sentant un peu étourdi. Il prit encore plusieurs lentes inspirations, puis se lança :

« C'est à Amélie que je devrais dire tout ça. Ma femme. Elle aimerait que je lui parle, que je lui dise à quel point je tiens à elle, à quel point j'ai peur… de la perdre. Je ne sais même pas pourquoi je l'ai attirée, quand nous étions jeunes, pourquoi elle est restée, sans jamais se lasser. On s'est bien entendus, elle et moi, pendant des années. On s'est beaucoup aimés, et ensuite on s'est surtout entendus. J'ai peur que tout ça ne suffise plus. J'ai peur qu'il n'y ait plus de flamme, plus de complicité, que le temps ait tout détruit… ou plutôt que j'aie tout laissé m'échapper. J'ai peur qu'elle ouvre les yeux un jour et qu'elle se rende compte que son mari est un vieil imbécile, incapable de lui parler et de lui tendre la main, juste parce qu'il a peur qu'elle le rejette. Elle pourrait faire beaucoup mieux que moi… elle est trop lumineuse, et je suis trop tranquille, trop rentré, trop renfermé. Plus j'y pense, plus ça me paralyse, et moins j'arrive à faire un pas vers elle. Et pendant ce temps, elle attend que je me décide, ou alors elle vient vers moi et s'efforce de m'aider. Elle m'a donné bien des nouvelles chances, mais je n'ai pas osé les saisir, il y en a sûrement que je n'ai même pas vues. Je me dis parfois que je devrais la laisser partir, que je ne peux rien y faire, c'est comme une fatalité. Mais elle mérite qu'on se batte pour elle. Si seulement j'en étais capable… »

Sa voix, qui avait chevroté lamentablement tout au long de ce douloureux monologue, se cassa enfin tout à fait. Il ferma les yeux, serra étroitement les paupières et sentit brûler quelques larmes vagabondes, qu'il garda prisonnières avant de les chasser d'un las battement de cils. Paul se tenait toujours à côté de lui, silencieux, fixant alternativement le sable à leurs pieds et la mer lointaine. Il se mordait la lèvre, le regard troublé.

« Je suis désolé », dit-il d'un ton bref, un peu rude.

Jean-Claude eut un rire sec, ironique.

« Il n'y a pas de quoi être désolé. Je sais qui est à blâmer dans tout ça. J'aimerais juste pouvoir y faire quelque chose.

— Parlez-lui, suggéra Paul à voix basse.

— C'est... »

Il déglutit.

« C'est difficile, plus difficile qu'on ne pourrait le penser.

— Je sais — je comprends. Mais vous avez dit qu'elle en valait la peine. Et on dirait que votre amour pour elle en vaut la peine aussi. »

La voix de Paul était sourde, pensive, étrangement détachée. Jean-Claude hocha la tête et sentit une autre larme lui échapper. Elle glissa, d'une chaleur presque réconfortante, le long de sa joue. Il sourit, la bouche crispée, et donna une tape maladroite dans le dos de son compagnon.

« Merci, Paul. Je ne saurais pas vraiment te dire... Merci d'être là. Ça compte beaucoup pour moi.

— Il n'y a pas de quoi », répondit Paul de la même voix monocorde.

Ils regardèrent l'océan, côte à côte. Le chien s'était couché sur le sable, et haletait doucement. Le son se mêlait au bruit des vagues et à leurs propres souffles irréguliers.

IX.

« Réparer un bateau ? répéta Matilda, incrédule. On va l'aider à réparer un bateau ? Euh… Tu es sûr qu'on servira à grand-chose ? »

Si Jean-Claude s'abstint de lever les yeux au ciel, ce fut, visiblement, avec difficulté.

« Oui, Matilda, j'en suis sûr, dit-il avec patience. J'en suis sûr parce que comme je l'ai déjà expliqué, toi et ta cousine n'interviendrez que pour aider à le repeindre. Je pensais que ça devrait être dans vos cordes… Je ne vous oblige à rien, mais je sais très bien que tu commences vraiment à t'ennuyer. Avec ce petit projet, Laura aura une occasion de faire des photos en dehors de nos quatre murs et de cette plage que vous devez l'une comme l'autre déjà connaître par cœur.

— Moi, ça m'intéresse, intervint justement Laura d'un ton posé. Quand est-ce qu'on pourrait commencer ?

— J'ignore combien de temps les réparations vont prendre, sans doute pas plus d'un ou deux jours. Paul travaille très vite, et réparations, c'est d'ailleurs un bien grand mot. À mes yeux de profane, le bateau paraissait en parfait état, mais il veut finir de peaufiner ou de consolider quelques petites choses… Quoi qu'il arrive, si tout se passe bien, ce sera bientôt à votre tour de vous y mettre. Si vous voulez, vous pouvez déjà venir avec moi aujourd'hui pour vous rendre compte, j'ai prévu de retourner le voir. »

Matilda se renfrogna tandis que Laura approuvait tranquillement, et que son oncle réprimait un soupir de soulagement. Elle se savait coincée : si sa cousine était intéressée par le projet, il lui faudrait bien suivre le mouvement, son seul autre choix étant de rester en arrière, laissée pour compte. Sans la pose pour les photos et la recherche de cadres nouveaux pour les prendre, elle aurait bel et bien déjà épuisé sa liste de distractions potentielles. Cependant, le fait de se voir imposer son choix, bien qu'en douceur, l'exaspérait.

Plus que tout autre chose, elle n'était pas réellement prête à une confrontation avec Paul. Si, après sa discussion avec Laura, sa tête avait accepté la nécessité de réitérer ses excuses, sa volonté capricieuse et son orgueil se rebiffaient encore. Elle éprouvait, à l'idée de le revoir, une panique diffuse qui lui serrait la gorge et accélérait les battements de son cœur.

Elle croisa le regard de Laura, qui lui adressa un petit sourire serein, et ne sut si elle devait y puiser du réconfort ou en voir son agacement redoublé. Jean-Claude, absorbé par ses tartines, semblait assez content de lui ; il avait l'air fatigué mais joyeux. Amélie, à l'inverse, n'avait plus prononcé un mot depuis que son époux s'était mis à parler du bateau et de son projet de venir en aide à Paul. Elle buvait son café en silence, les yeux dans le vague ; Matilda se demanda si elle allait également venir avec eux. Dans le cas contraire, c'était elle qui risquait de se retrouver seule, dans la grande maison vide.

« Et vous avez décidé de ça quand, avec Paul ? demanda Amélie d'un ton détaché.

— Eh bien, il m'a parlé de son bateau quand il est passé me voir hier, et ce n'est qu'ensuite que je me suis dit que les petites pourraient aussi s'impliquer un peu. Je l'ai recroisé en fin de journée pendant ma promenade, et je lui ai soumis l'idée. Il n'y a vu aucun inconvénient.

— Je vois… »

Elle avait lâché ces deux mots d'un ton plutôt froid. Même Matilda le remarqua, bien qu'elle eût un peu perdu le fil au milieu de la phrase de son oncle, tout à son irritation d'être qualifiée de « petite ». Jean-Claude ouvrit, puis referma la bouche, donnant l'impression d'être en pleine confusion. Apparemment, il ne lui était pas venu à l'esprit de consulter sa femme avant de décider quoi que ce soit.

Le petit déjeuner se termina dans une ambiance plutôt tendue. Très vite, Laura se leva pour débarrasser, mais au lieu de se rendre utile de toutes les manières possibles, comme elle le faisait habituellement, elle lança à la cantonade qu'il fallait qu'elle fasse un peu de rangement et qu'elle vérifie que son appareil était bien rechargé, et fila en direction de la porte. À la grande surprise de Matilda, elle l'attrapa par le bras en passant, et l'entraîna derrière elle en marmonnant vaguement qu'elle aurait aussi besoin de son aide. Elle ne la lâcha pas avant qu'elles aient gravi la moitié de l'escalier.

« Tu fais quoi, là ? s'étonna Matilda en se frottant machinalement le poignet.

— Je pense que quelques instants en privé ne peuvent leur faire que du bien, rétorqua Laura. Du coup, tu es coincée avec moi. Ça va, tu vas survivre ?

— Pas de problème », répondit Matilda, trop interloquée pour se sentir vexée par l'attitude plutôt impérieuse, inhabituelle, de sa cousine.

Laura lui adressa un sourire par-dessus son épaule.

Les deux jeunes filles se préparèrent prestement, et attendirent à l'étage que leur oncle les appelle quand lui-même serait prêt à partir. Amélie, qui semblait d'humeur plus amène, leur souhaita une bonne matinée à tous les trois, et ils se mirent en route. Matilda se demanda vaguement s'ils se rendaient directement chez Paul ; la curiosité prit le pas sur sa réticence. Ils ne descendirent pas tout droit vers la plage, mais la contournèrent, traversant des espaces plus boisés jusqu'à arriver en vue d'un large terrain. Le regard de la jeune fille fut immédiatement attiré par un grand hangar, et ce ne fut qu'après qu'elle remarqua la petite maison toute simple qui se trouvait juste à côté.

De loin, elle vit la porte s'ouvrir et une silhouette s'avancer, ses traits difficiles à distinguer dans la lumière éclatante. Son identité ne faisait cependant aucun doute, et l'estomac de la jeune fille se noua. Puis une forme à quatre pattes surgit à son tour, fonçant vers eux comme un bolide. Le chien fit la fête à Jean-Claude, qui le caressa en riant, tout en s'efforçant de ne pas se faire culbuter par les démonstrations d'affection de l'énorme bête. Laura se rapprocha, éclatant d'un rire cristallin, pour recevoir et donner également sa part de câlins. Matilda, elle, n'avait jamais beaucoup aimé les animaux. Ils la rendaient nerveuse en règle générale, et ce gros monstre au poil touffu paraissait particulièrement envahissant. Par chance, il ne fit pas mine de l'approcher, et sa robe échappa donc au péril des grosses pattes douces mais sûrement couvertes de boue et de sable.

« Ici, Alceste ! cria le maître, qui s'était approché entre-temps.

— Alceste ? » répéta Matilda, interloquée, oubliant déjà qu'elle s'était promis de se faire discrète.

Laura éclata de rire.

« Molière ! commenta-t-elle. Il n'a pas tellement l'air d'un misanthrope, pourtant.

— Je le suis pour deux. En fait, je dévore les jeunes filles et les petits enfants après le coucher du soleil, mais il ne faut pas le dire à votre oncle et à votre tante, rétorqua Paul d'un ton flegmatique.

— Je n'ai rien entendu. De toute façon, on s'arrangera pour être partis avant, assura Jean-Claude. Toujours tenté par un coup de main, Paul ?

— Bien volontiers, mais ces demoiselles n'auront

guère de quoi s'occuper aujourd'hui. J'ai encore quelques détails à peaufiner, on ne pourra pas commencer à repeindre avant demain.

— Pas de problème, elles sont juste venues jeter un coup d'œil pour se rendre compte de ce que ça représente.

— Eh bien, c'est parfait. Veuillez me suivre », dit-il en s'inclinant légèrement, ironique.

Ils lui emboîtèrent le pas en direction du hangar. Matilda commençait à remettre sérieusement en question sa première impression d'un marin balourd et inintéressant. Cela ne l'aidait pas vraiment à se sentir mieux, car il paraissait de plus en plus évident qu'elle l'avait jugé à la va-vite et traité de manière pour le moins cavalière. Par-dessus le marché, elle se sentait de nouveau perturbée et nerveuse en sa présence… Et comme elle s'était interdit d'en rejeter la faute sur lui par facilité, elle en était réduite à se reprocher amèrement d'être aussi stupide.

Lorsqu'ils pénétrèrent dans le hangar, Matilda se trouva rapidement distraite de ses préoccupations. Paul les emmena directement jusqu'au fond, passant le bateau sur lequel il les avait emmenées précédemment, Laura et elle, et désigna le deuxième d'un geste large. Tiré de son élément maritime, le vieux voilier paraissait particulièrement impressionnant ; sa coque à la peinture écaillée se dressait avec majesté. Il semblait prendre tout l'espace, bien qu'il restât, en réalité, largement la place pour se mouvoir et faire des manœuvres en tout genre. Matilda resta sans voix.

« Voilà mon bébé », déclara Paul avec orgueil.

Jean-Claude émit un sifflement.

« Joli ! Et tu t'en sors, pour le retaper ?

— Très bien, merci. J'ai réparé la coque, renforcé le mât, je me suis occupé des cordages, il ne me reste que des points de détail. Avec un peu d'aide, ça ne devrait pas prendre trop de temps. Il était vraiment abîmé quand je l'ai récupéré, je suis assez fier du résultat... »

Laura, son appareil photo à la main, faisait déjà le tour de l'embarcation, qu'elle effleura du bout des doigts avec un grand sourire. Matilda, quant à elle, recula et alla s'asseoir sur un banc de bois un peu bancal qu'elle avait repéré contre la cloison. La première surprise passée, elle estimait que ce n'était, après tout, qu'un bateau, mais l'atmosphère du lieu lui donnait malgré tout une impression étrange. Elle se sentait comme intimidée, toute petite et vulnérable.

Pour se distraire, elle observa Paul et son oncle tandis qu'ils montaient sur le pont et s'y déplaçaient. Ils parlaient toujours, mais leur discussion était devenue plus technique et elle cessa d'y prêter attention. Laura s'était reculée pour prendre ses premiers clichés. Personne ne se souciait vraiment de Matilda, ce qui aurait dû l'énerver passablement, mais son actuel sentiment de décalage n'était pas si désagréable. Au moins, elle évitait ainsi d'avoir à s'adresser à Paul, ce qui ne lui aurait causé que confusion et embarras. Comme détachée, elle regardait les autres s'activer comme des fourmis autour du grand voilier ; aucun de leurs mouvements ne lui échappait, et pourtant ils n'en avaient pas conscience. Était-ce ainsi que Laura se sentait, la plupart du temps ? Il y avait un certain pouvoir dans la contemplation silencieuse, et pas seulement du désœuvrement, comme elle l'avait pensé au départ. Intéressant.

Tout en suivant vaguement ses compagnons des yeux, elle laissa vagabonder ses pensées. Au bout d'un moment, Laura lui fit signe de s'approcher pour poser à côté du vieux voilier, puis de l'autre, celui sur lequel elles avaient déjà fait un tour. Virevoltant entre l'ancien en pleine renaissance et le jeune et flambant, elle respira l'odeur de métal et de bois qui flottait dans l'air. Son oncle et Paul, absorbés par leurs réparations, étaient hors de vue ; elle aurait presque pu oublier leur présence. Elle ne croisa qu'une fois le regard du marin, par accident, alors qu'il se redressait pour aller chercher un outil. Il la fixa calmement, et elle détourna la tête, ses joues s'enflammant à nouveau. Mais il disparut bien vite, et elle put se reconcentrer sur les photos.

Adossée à la coque du vieux voilier, elle regardait sa cousine cadrer l'autre avec application lorsque quelqu'un, s'éclaircissant la gorge juste à côté d'elle, la fit sursauter. Paul venait de descendre du bateau, suivi par son oncle. Il s'avança, passant devant elle, et déclara :

« Je suggère qu'on fasse une pause… bien que ces jeunes filles se soient moins fatiguées que nous, il faut bien le dire !

— Bricoler, ce n'est pas franchement épuisant », rétorqua automatiquement Matilda.

Il se retourna vers elle en haussant un sourcil.

« C'est un peu plus de travail que de sautiller en tournant sur soi-même, mademoiselle », répliqua-t-il.

Le ton de sa voix était gentiment moqueur, et elle ne sut si elle était censée s'amuser de sa réflexion ou considérer qu'il venait de la remettre à sa place.

« Mais j'invite quand même tout le monde à déjeuner, les laborieux et les autres, poursuivit-il sans lui laisser le temps de s'attarder sur le sujet. Venez par ici. »

Ils sortirent tous du hangar pour rejoindre la maison. Matilda, très curieuse, jetait autour d'elle des regards à la dérobée : elle jugea l'intérieur assez sobre, agréable bien qu'un peu impersonnel. Paul avait préparé une salade et des sandwichs, et ils grignotèrent en une sorte de pique-nique. Comme Jean-Claude avait déjà harponné Laura en demandant à voir ses photos, Matilda se retrouva un peu coincée avec leur hôte, qui n'en sembla ni contrarié ni particulièrement enchanté. Elle garda le nez dans son assiette, cherchant une contenance.

« Ça va, vous ne vous ennuyez pas trop ? lui demanda-t-il au bout d'un moment, d'un ton dégagé.

— Ça va très bien, répondit-elle machinalement avant d'ajouter, incapable de s'en empêcher : Vous vouvoyez tout le monde comme ça ? »

Il eut un petit sourire.

« On dirait bien, dit-il. Même les jeunes filles un peu arrogantes. Question d'habitude. »

Elle ne s'attendait pas à ce qu'il se montre aussi direct, et piqua un fard.

« Je voulais vous dire… Je suis désolée pour l'autre jour, marmonna-t-elle, jugeant que c'était le moment idéal, comme elle aurait difficilement pu se sentir encore plus gênée.

— Vous n'arrêtez pas de vous excuser, on dirait… Pourtant, je n'aurais pas cru que ce soit votre genre, répondit-il, imperturbable. Tout ça est oublié. Passez donc à autre chose, ce sera mieux pour tout le monde. »

Elle rumina cette réponse, et finit par décider qu'il était visiblement sincère. Il ne semblait vraiment éprouver aucune hostilité envers elle. Elle lui sourit, un petit sourire de soulagement, qu'il lui rendit sobrement.

« Je persiste à dire que vous devriez nous tutoyer, ma cousine et moi, dit-elle, reprenant bien vite son aplomb. Ça ne vous paraît pas naturel ?

— Pas tellement. C'est plus une question de familiarité que d'âge, même s'il y a aussi une nuance de respect là-dedans.

— Oui, mais vous nous connaissez maintenant, non ?

insista-t-elle.

— Si on veut, répondit-il en haussant les sourcils. Ça vous paraîtrait naturel de me tutoyer, moi ? »

Elle marqua une pause, hésitante, avant de se reprendre.

« Oui, affirma-t-elle. Parce que vous n'êtes pas tellement vieux. »

Il éclata de rire. Elle s'y attendait si peu qu'elle sursauta, ce qui accentua encore son amusement.

« Et vous, vous êtes très, très jeune, lui dit-il. Matilda, c'est bien ça ?

— Oui. »

Elle aimait bien qu'il prononce son prénom, mais beaucoup moins qu'il évoque son âge avec une telle indulgence dans la voix. Elle fronça le nez, piquée dans sa fierté, et se redressa sans même s'en rendre compte. Il haussa un sourcil.

« Apparemment, c'est un combat perdu d'avance, dit-elle, estimant qu'insister aurait été immature.

— Oh, mais après tout, pourquoi pas. Si tu y tiens tant, ce n'est pas un problème, répondit-il tranquillement.

— Tout de même ! s'écria-t-elle, surprise et enchantée de cette victoire inattendue. Et moi, je peux vous tutoyer, alors ?

— Si ça peut te faire plaisir. »

Elle savoura ce changement, occupée tout entière de la satisfaction qu'elle en tirait, sa conscience complètement soulagée et sa faute effacée. Elle avait rejeté ses cheveux en arrière et redressé les épaules, et il eut un sourire amusé qu'elle interpréta comme un autre signe positif.

Leur conversation s'arrêta là. Étonnamment, elle n'éprouva ni dédain ni frustration face à son mutisme, mais une sorte d'amusement presque attendri. Ses silences ne représentaient pas un vide, une absence, comme chez la plupart des gens ; son regard lointain avait quelque chose de mystérieux qui l'exaltait presque. Elle ne pouvait s'empêcher de l'observer du coin de l'œil, plus ou moins subtilement.

« Je vais continuer à travailler sur le bateau cet après-midi », déclara-t-il un peu plus tard, élevant légèrement la voix pour s'adresser à ses trois invités en même temps.

Ils en étaient à siroter tranquillement un café, et se tournèrent tous vers lui.

« Jean-Claude, ne vous sentez pas obligé de rester, je pourrai m'en tirer tout seul, poursuivit-il. En tout cas, les filles devraient plutôt aller faire un tour, il ne servirait à rien qu'elles restent à ne rien faire…

— Je vais t'aider jusqu'au bout, maintenant que je suis là, assura Jean-Claude.

— On pourrait peut-être donner un coup de main aussi ? » suggéra Matilda d'un ton désinvolte.

Trois paires d'yeux la dévisagèrent, jusqu'à ce qu'elle se sente rougir.

« Il doit bien y avoir quelque chose de simple à faire, non ? se défendit-elle. Je ne sais pas… Faire passer les outils… »

Laura pouffa, et le coin des lèvres de Paul se souleva en une petite moue.

« C'est très gentil de le proposer, mais je crois qu'on va s'en passer », dit-il d'une voix douce.

Un peu humiliée de se voir ainsi rejetée, elle se renfrogna. L'ironie, même bienveillante, avec laquelle sa proposition était accueillie réveillait sa vieille crainte de n'être pas prise au sérieux et la faisait se hérisser. Mais le sourire de Paul n'avait rien de désagréable : c'était un pli discret de ses lèvres, subtil, qui creusait légèrement sa joue et donnait à ses yeux une lueur plus chaleureuse. Il ne se moquait pas d'elle, pas vraiment. Quelque chose se contracta dans le ventre de Matilda, et elle dut détourner la tête.

La mauvaise humeur de la jeune fille ne fut que de très courte durée. Elle se sentait déjà de nouveau positive et débordante d'énergie en dévalant d'un pas allègre le chemin que Paul leur avait indiqué, à Laura et à elle, pour rejoindre la mer en partant de la maison. Savourant le vent dans ses cheveux, elle ne ralentit qu'un peu à mi-parcours, pour jeter à la dérobée un bref coup d'œil par-dessus son épaule. Il n'y avait plus personne près du hangar, et elle se hâta de continuer son chemin.

Après tout, il était vrai qu'il lui serait bien plus agréable de se détendre sur la plage avec sa cousine, plutôt que de traîner dans les environs comme une idiote pendant que Paul et Jean-Claude travaillaient. De plus, elle était à présent persuadée que repeindre ce bateau ne serait finalement pas du tout une corvée. Et puis il y avait cette réconciliation. Paul, avec ses manières un peu troublantes. C'était tellement agréable de pouvoir communiquer avec lui sans être harcelée par la gêne ou bien la paranoïa. Il était intéressant, en fait, cet homme, seulement un peu… particulier. Et avec les gens particuliers, au moins, on ne s'ennuyait pas.

Matilda eut un sourire radieux, puis se sentit rougir en croisant le regard de sa cousine, qui l'observait en haussant un peu les sourcils. Elle rougissait vraiment beaucoup trop, en ce moment — c'était franchement horripilant.

« C'est une belle journée, non ? lança-t-elle à brûle-pourpoint, prise du besoin de se justifier. Et au final, ce sera bien plus intéressant que je ne le pensais, de donner un coup de main à… à la réparation du bateau. C'est vraiment une bonne surprise ! »

Laura, qui ne paraissait pas dupe, hocha doucement la tête. Il y avait pourtant dans son regard une nuance d'inquiétude, que Matilda choisit d'ignorer. Elle accéléra encore le pas, et courut bientôt se jeter dans les vagues, insouciante.

C'était la première fois qu'Amélie passait toute une journée seule dans la maison vide. Cela ne la dérangeait pas en soi ; d'habitude, chacun vaquait à ses occupations, et il n'y avait guère de bruit. La différence n'était pas si frappante. Avec un bon livre ou en tête-à-tête avec ses pensées, elle ne se sentait nullement abandonnée. Elle avait pourtant été pour le moins exaspérée de se voir mise devant le fait accompli. Mais les excuses maladroites de Jean-Claude l'avaient attendrie. Elle sentait qu'il faisait un effort vers elle. Les choses n'étaient pas faciles, et ils se devaient de se montrer conciliants l'un envers l'autre. Elle percevait des avancées, sensibles mais bien présentes — rien que la manière dont il lui avait effleuré la joue en la quittant ce matin, un peu hésitante, mais tellement douce… Ce genre d'instants fugaces lui donnait la force d'y croire. Qu'il aille donc passer la journée chez son ami, avec ses nièces ; elle pourrait toujours lui faire la surprise de l'y rejoindre plus tard, peut-être d'inviter Paul à dîner avec eux.

Vers la fin de l'après-midi, elle se mit en route vers la plage, prise d'une forte envie de se gorger de soleil et d'écouter le bruissement des vagues. Elle y trouva ses nièces, déjà sorties de chez Paul, et qui lui firent aussitôt part de leurs impressions. L'enthousiasme de

Matilda, qui, au petit déjeuner, avait semblé plus que réticente, la surprit. La jeune fille évita les questions de sa tante de quelques pirouettes sur le temps magnifique et la satisfaction d'avoir enfin trouvé une nouvelle occupation, avant de retourner en courant à sa baignade, laissant Laura et Amélie en plan. Cette dernière médita cette perturbante attitude, tout en s'appliquant de la crème solaire. Apparemment, l'étrange aversion qu'elle avait auparavant perçue entre Matilda et Paul s'était à présent résorbée. C'était une bonne chose ; elle se demanda pourtant si elle connaîtrait jamais la raison de cette saute d'humeur de la jeune fille.

« Ta cousine a l'air beaucoup plus enthousiaste, d'un seul coup, dit-elle à Laura d'un air songeur.

— C'est Matilda. Elle est assez changeante… »

Elle se tut, et Amélie eut la sensation qu'elle ne lui disait pas tout. D'un ton dégagé, elle demanda :

« Tout s'est bien passé ? Paul m'a paru agréable, mais j'avais l'impression que Matilda ne l'aimait pas beaucoup.

— Eh bien, elle a changé d'avis, rétorqua Laura d'un ton amusé. Il y avait seulement eu un malentendu, en quelque sorte — mais évidemment, elle s'était braquée. Maintenant qu'elle s'est excusée, bien que du bout des lèvres, elle se sent beaucoup mieux. Il fallait juste qu'ils laissent tout ça derrière eux.

— Matilda s'est excusée ? » s'exclama Amélie, feignant l'incrédulité.

Laura hocha la tête en riant.

« Je sais, ça paraît difficile à croire ! En même temps, même s'il n'y avait rien de sérieux, les choses étaient vraiment devenues trop tendues pour pouvoir continuer comme ça. Elle ne le vivait pas très bien non plus.

— Qu'est-ce qui s'est passé, au juste ? Pourquoi est-ce qu'il lui déplaisait autant ? »

Laura haussa les épaules.

« Oh, elle s'est monté la tête. Elle avait l'impression qu'il se conduisait de manière méprisante, et plus elle le voyait, plus elle s'énervait. Elle est devenue franchement désagréable, ce qui n'a pas encouragé Paul à la traiter en adulte. Elle en a fait tout un drame.

— Heureusement qu'elle a l'air d'être revenue sur terre, dans ce cas », conclut Amélie.

Laura eut une petite moue.

« Oui, je suppose… En tout cas, l'ambiance est meilleure, c'est sûr, dit-elle lentement.

— Tu as pu déjà prendre des photos ? s'enquit Amélie, notant cependant la réserve dans le ton de sa nièce.

— Oh oui, j'ai bien commencé. Matilda a pas mal posé… J'aurai sûrement moins le temps pendant qu'on repeindra le bateau, alors j'en ai profité. »

Elles restèrent silencieuses quelques minutes, étendues sur un drap sur le sable, immobiles. Amélie avait apporté son livre, mais elle n'y toucha pas, se contentant de contempler le ciel clair et limpide. Elle ne fut pas vraiment surprise lorsque Laura parla à nouveau :

« Je ne suis pas vraiment sûre que Matilda soit revenue sur terre, en fait. »

Elle hésita. « Ce ne sont pas mes affaires. Et ce n'est qu'une impression… Mais je suis un peu inquiète. »

Amélie se redressa sur un coude pour pouvoir voir le visage de sa nièce. Cette dernière avait les sourcils froncés, et se mordillait la lèvre.

« Si je te dis ce que j'ai ressenti, tu n'en parleras à personne, et surtout pas à elle ? poursuivit-elle. Je me fais peut-être des idées, après tout, je ne la connais pas assez…

— Je garderai ça pour moi », assura Amélie.

Il y eut, de nouveau, une pause.

« Je ne suis pas sûre qu'elle ait fait toute une histoire à propos de Paul par hasard, dit enfin Laura. Maintenant qu'ils sont en meilleurs termes… On dirait bien qu'elle s'intéresse à lui. Elle avait l'air décidée à attirer son attention… En même temps, c'est Matilda. Elle a toujours besoin d'attention… C'est sûrement parce qu'il ne lui en prêtait quasiment aucune qu'elle s'est braquée à ce point au départ. Peut-être qu'elle essaie juste de compenser, de le charmer un peu pour se prouver que personne ne peut vraiment lui résister. Mais j'ai l'impression que c'est plus sérieux que ça. Ce n'est pas seulement un jeu. Elle n'arrête pas de le regarder, un peu à la dérobée, elle sursaute, elle rougit… Elle a des tas de petites réactions qui parlent d'elles-mêmes, à chaque fois qu'il dit ou fait quelque chose. Ça m'a vraiment sauté aux yeux. Lui, c'est évident qu'il ne s'intéresse pas à elle. Elle est trop jeune, pas seulement en âge, mais surtout en état d'esprit. Il ne s'est pas gêné pour le lui faire sentir, d'ailleurs. Et c'est bien ça qui me soucie. Je pense qu'elle va tomber de haut… Ça pourrait la réveiller un peu, mais j'ai peur qu'elle souffre. Je crois qu'elle n'est pas aussi sûre d'elle qu'elle le laisse paraître, dans le fond. »

Amélie prit le temps d'appréhender tout ce que sa nièce venait de lui communiquer. Après quelques instants de silence, elle dit doucement :

« D'après ce que tu me dis, en effet, c'est probable. Mais si elle va au-devant d'une déception, on ne peut pas l'empêcher. C'est son expérience, et elle est encore tout à construire. Je me sentirais dans une position plus délicate si elle avait ses chances, au vu de son âge… »

Laura hocha lentement la tête, semblant un peu soulagée d'avoir dit ce qu'elle avait sur l'estomac.

« Ça peut paraître idiot, de m'inquiéter comme ça pour elle. Elle le connaît à peine, et même si moi-même je ne passe pas mal de temps avec elle que depuis peu, il paraît évident que ce n'est pas vraiment dans son caractère de ruminer une déception encore et encore.

Elle passera sûrement vite à autre chose, non ?

— À mon avis, tu as raison. C'est quelqu'un qui va de l'avant, autant par désir de vie que par amour-propre, approuva Amélie. Je ne pense pas qu'elle se fera briser le cœur.

— C'est aussi ce que je crois, mais je ne peux pas m'empêcher de m'en faire. Elle semble solide, c'est vrai… mais en même temps fragile, d'une certaine manière. Facilement déstabilisée. Elle a sûrement l'habitude que les choses se passent comme elle veut. Oh, ça me met mal à l'aise de parler d'elle comme ça !

— Je trouve ça tout à fait normal, la rassura Amélie. Ça n'a rien à voir avec de la curiosité mal placée, et tu n'es pas non plus en train de trahir sa confiance. Tu perçois beaucoup de choses, voilà tout, et tu t'es attachée à elle, malgré vos différences. »

Laura acquiesça de nouveau, avec un petit sourire.

« Je n'avais encore jamais été très proche de mes cousins. Bon, je ne sais pas si on peut réellement nous qualifier de proches, mais j'aime bien passer du temps avec elle. »

Sa voix avait pris une intonation presque enfantine, un peu émerveillée. Amélie sourit, attendrie. La maturité des paroles de Laura, la justesse de son jugement, l'avaient un peu prise au dépourvu. La jeune fille semblait à fleur de peau, percevant tout ce qui l'entourait avec une sensibilité aiguë. Mais elle avait également une grande innocence, une pureté dans sa manière de voir les choses, et ce subtil équilibre était aussi fascinant que touchant.

Elles restèrent longtemps étendues à prendre le soleil, les yeux mi-clos, sans parler davantage. Le silence les entourait, paisible, à peine troublé par le murmure de la mer et de la brise dans les arbres un peu plus loin. De temps à autre, Matilda venait souffler un peu auprès d'elles, mais repartait vite, incapable de rester en place. Laura finit par la suivre, et Amélie resta en arrière un petit moment, à écouter leurs rires et leurs exclamations, avant de se lever finalement pour les rejoindre.

La mer était tiède, caressante contre sa peau. Ayant savouré sa baignade, Amélie retourna lentement s'essuyer, ramassa ses affaires avec des gestes languides. Elle remonta tranquillement le chemin, sachant que ses nièces la rattraperaient vite. Au lieu de celui par lequel elle était venue, elle prit le sentier que les filles avaient emprunté plus tôt, et qui lui permettrait de s'arrêter chez Paul. Elle avait toujours dans l'idée de lui proposer de se joindre à eux pour le dîner, et bien qu'un peu troublée par sa discussion avec Laura, elle n'avait aucune raison concrète de remettre ce projet en question.

Alors qu'elle était presque arrivée, elle fut surprise par un énorme chien qui fonça sur elle et manqua de la jeter à terre. Après un bref instant de panique, elle comprit bientôt que l'animal n'était que très affectueux — et le manifestait avec un enthousiasme débordant. Elle s'efforçait encore de récupérer ses mains, qu'il ne cessait de lécher, lorsque Matilda et Laura la rejoignirent.

« Encore ce monstre ? s'exclama Matilda. Décidément, il n'arrête pas de se jeter sur tout le monde !

— C'est Alceste, le chien de Paul, expliqua Laura, qui vint détourner l'attention de la bête, permettant à Amélie de s'essuyer, mi-rieuse, mi-dégoûtée.

— Alceste ? releva-t-elle, un peu interloquée.

— Oui, moi aussi, je trouve ça ridicule, commenta Matilda. Bon, on va chercher oncle Jean-Claude ? »

Les filles se dirigèrent vers le hangar et non vers la maison, et Amélie leur emboîta le pas. À son entrée, elle eut un moment d'éblouissement ; elle ne s'y connaissait guère en navigation, et n'avait encore jamais vu aucun des bateaux de Paul, qu'elle trouva beaux autant qu'impressionnants. Une fois tirée de sa contemplation, elle remarqua les deux hommes debout en retrait, occupés à discuter à voix feutrées. Son mari s'avança vers elle, souriant, le jeune homme derrière lui.

« Vous avancez comme vous voulez ? s'enquit-elle.

— Très bien, répondit Jean-Claude, et Paul ajouta :

— Les réparations et les retouches que je voulais effectuer sont terminées. Merci de me laisser vous voler votre mari… et toute la famille avec, d'ailleurs.

— Mais je vous en prie, rétorqua-t-elle. Nous allons peut-être même vous voler aussi. Je pensais vous inviter à dîner — qu'est-ce que tu en dis, Jean-Claude ?

— Que c'est la meilleure idée de la soirée.

— C'est sûrement vrai, il n'est que six heures... » commenta-t-elle avec un sourire qui adoucit l'ironie.

Il rit avec elle, et elle savoura la chaleur qui passa dans leurs regards. Paul avait détourné les yeux. Elle réalisa soudain qu'il ne lui avait même pas encore donné son accord. Lorsqu'elle prononça son prénom, il sursauta légèrement.

« Oh, oui, bien sûr. Si vous voulez. Arrachez-moi à mon antre solitaire, plaisanta-t-il.

— C'est bien notre intention ! » répliqua-t-elle.

Ils attendirent que Paul repasse dans la maison et fasse rentrer son chien, puis se mirent tranquillement en route. Matilda, dont la bonne humeur atteignait des sommets, riait et plaisantait avec Laura en tête du groupe. Elle interpella bientôt son oncle pour s'enquérir de l'avancée des travaux et de ses capacités de bricoleur. Amélie s'attarda auprès de Paul, qui marchait en arrière, les mains dans les poches.

« Très bel animal, dit-elle avec un sourire. Alceste, c'est bien ça ?

— Merci, j'y tiens beaucoup, répondit-il. Eh oui... ce nom, c'est l'un des choix dans ma vie qui m'ont valu le plus de critiques — ça, et revenir m'installer ici !

— *Le Misanthrope*, je présume ? Je vous avouerai que je trouve qu'il ressemble plutôt à l'Alceste du *Petit*

Nicolas », commenta-t-elle.

Il se mit à rire.

« Vous êtes la première à relever les deux références !

— J'ai eu deux fils, et je connais mes classiques !

— En tout cas, vous avez tout à fait raison. Au niveau de la corpulence comme du caractère, il n'y a pas à hésiter. C'est un véritable agneau.

— Portrait sociologique de l'ermite avec son chien », dit Amélie en faisant mine de le prendre en photo.

Une nouvelle fois, il éclata de rire.

« Je ne me suis pas tant fait prier pour accepter votre invitation, pourtant, non ? Ni l'aide de votre mari et de vos nièces. Des adolescentes dans mes pattes toute la journée, qui risquent de parler à longueur de temps, voire de rire ! Que m'est-il donc passé par la tête ? s'écria-t-il d'un ton dramatique.

— La folie vous guette, cher ami, répondit-elle d'un ton sentencieux, avant d'ajouter : Je vais profiter à fond de votre état de désordre mental en vous proposant de me joindre à votre petite équipe de volontaires. Comme vous l'avez si bien dit tout à l'heure, vous m'avez dérobé toute ma famille et mon âme faible commence déjà à protester après une journée de solitude.

— N'est-ce pas désolant ? Vous devriez éduquer cette âme rétive, déclara-t-il, mais elle eut l'impression qu'il évitait son regard.

« — Je te rappelle que c'est ma femme que tu t'efforces de convertir à la solitude et au silence ! intervint Jean-Claude en se rapprochant. Il y a assez d'une carpe dans notre couple, ma foi ! »

Amélie rit de bon cœur, et Paul eut un fin sourire.

« Vous avez raison, la solitude a ses limites, admit-il. Si vous voulez vous joindre à nous, je n'y trouve rien à redire, au contraire. Si j'avais su qu'en demandant à Jean-Claude un petit coup de main, j'obtiendrais de tels résultats, je m'y serais pris bien plus tôt ! Grâce à vous tous, je vais gagner un temps fou.

— Et en retour, tu pourras ensuite emmener nos demoiselles faire un tour en mer chaque fois qu'elles deviendront insupportables à force d'ennui. Tout le monde y gagne, affirma Jean-Claude.

— Ça leur arrive à toutes les deux ? s'enquit Paul avec un sourire en coin.

— Non, surtout Matilda… Il n'y a pas que des avantages à être une véritable boule d'énergie ! commenta Amélie. Laura est beaucoup plus calme, ce qui ne l'empêchera pas d'apprécier, j'en suis sûre. Même moi, je ne détesterais pas monter sur un bateau, ça ne m'est encore jamais arrivé…

— Quand mon second bateau sera fin prêt, j'emmènerai tout le monde en remerciement, dans ce cas, conclut Paul.

— Ne dites pas trop de mal de nous ! lança soudain

Matilda, qui avait dû entendre prononcer son prénom et se tordait à présent le cou dans leur direction, à quelques mètres devant eux.

— Non, ma chérie, seulement de toi, rétorqua Amélie.

— Notre petite peste favorite », ajouta Jean-Claude, malicieux.

La jeune fille se renfrogna, tout en donnant l'impression de lutter pour retenir un sourire. Laura attira de nouveau son attention en lui passant un bras autour du cou pour la tirer en avant. Elles traversèrent le jardin d'un pas allègre, disparaissant à l'intérieur.

Amélie était heureuse de rentrer, et satisfaite de la compagnie en laquelle elle se trouvait. Jean-Claude la déchargea prestement de ses affaires, ses mains effleurant légèrement les siennes, puis il se dirigea vers la cuisine en la laissant s'occuper de leur hôte. Laura et Matilda les distrayaient de leurs bavardages. Matilda était, évidemment, particulièrement volubile, mais Laura aussi montrait entrain et joie de vivre, parlant plus et plus vite qu'à l'ordinaire. Les inquiétudes qu'elle avait précédemment exprimées au sujet de sa cousine n'étaient sans doute pas apaisées, mais du moins temporairement oubliées. L'atmosphère détendue ne se prêtait guère aux craintes ; seul le plaisir d'être ensemble demeurait.

Elle-même ne pouvait s'empêcher de sourire en les regardant toutes les deux. Serrées sur le canapé à plaisanter et à rire, elles semblaient irradier une fraîcheur et une innocence délicieuses. C'était des enfants, de jeunes fleurs à peine écloses, et même les airs de charmeuse de Matilda avaient une naïveté criante. *Regardez-moi, rassurez-moi, aimez-moi*, lisait-on dans chacun de ses gestes. On n'avait envie que de l'observer virevolter avec indulgence, ou de lui prendre la main.

Amélie était complètement détendue, et savait que c'était le cas de tous autour d'elle. Même Paul semblait assez à l'aise ; suffisamment, en tout cas, pour qu'elle se sente libre de s'éclipser sans inquiétude, se glissant simplement dans la cuisine pour vérifier si son mari avait besoin d'un peu d'aide. Il avait déjà commencé à préparer le dîner. Comme toujours, il prenait les choses en main en douceur, sans que les autres aient à le lui demander ou à se préoccuper de quoi que ce soit. Elle l'observa de l'encadrement de la porte, à demi cachée, tandis qu'il s'activait, se croyant seul. Elle s'éclaircit enfin doucement la gorge. Il eut un petit sursaut, se retournant vivement et la fixant des yeux. Sa main était étroitement serrée autour du bord du plan de travail, derrière lui.

« Besoin d'un coup de main ? demanda-t-elle à voix basse.

— Non, ça va. Merci », dit-il.

Mais il ne lui suggéra pas de retourner se détendre avec les autres, et elle-même ne fit pas un geste. Il lui sourit, désigna les légumes qu'il était en train de couper d'un geste vague, comme pour s'excuser de devoir revenir à ses occupations. Elle hocha la tête, et il se remit à la tâche. Il ne lui tournait plus complètement le dos, mais s'était placé un peu de profil, suffisamment pour l'apercevoir dans le coin de son champ de vision. Elle s'avança à pas lents, mesurés, et lui effleura la nuque du bout des doigts, repoussant une mèche de cheveux. Il frissonna ; elle sourit.

« Tu ne m'en veux plus d'être parti toute la journée, murmura-t-il.

— Je ne t'en ai pas vraiment voulu. J'aurais seulement aimé que tu me le dises plus tôt. Ou que tu me présentes Paul, ou bien que tu me parles de ton envie de l'aider. »

Il ouvrit la bouche, et elle le coupa vivement, avant qu'il ait pu articuler des excuses de plus :

« Mais ça n'a pas d'importance. Ce qui m'intéresse, c'est de partager ce moment avec toi. »

Elle ne précisa pas si elle parlait de la soirée à venir, avec leurs nièces et son ami, ou des journées qu'ils passeraient à repeindre le bateau tous ensemble — ou bien de cet instant précis. Il ne chercha pas non plus à entrer dans le détail. Il se retourna juste, et elle se rendit compte d'un seul coup de leur proximité. Elle n'aurait pas cru s'être avancée aussi près. Il passa ses bras autour de sa taille, et l'attira tout contre lui, jusqu'à ce qu'elle sente les battements de son cœur contre sa poitrine. Elle lui rendit son étreinte, tandis qu'une tension dont elle n'avait jusque-là pas eu conscience s'effaçait en elle. Ils entendaient les rires provenant de la pièce d'à côté, et pourtant ils se sentaient complètement seuls, dans l'intimité de ce moment de tendresse.

Il leur fallut un long moment pour s'écarter l'un de l'autre, et un plus long encore avant qu'elle se détourne et se glisse hors de la pièce, le laissant à ses préparations. Elle rejoignit les autres, dans le salon, et se laissa tomber dans un fauteuil. Rien ne semblait avoir changé pendant qu'elle n'était pas là. Matilda se faisait toujours remarquer, Paul posait sur elle un regard amusé, et Laura s'essayait à un nouvel équilibre entre réserve et exubérance.

Ces deux derniers levèrent les yeux quand Amélie les rejoignit ; elle se demanda brièvement si son visage exprimait quoi que ce soit de particulier, peut-être la montée de l'espoir et du soulagement en elle, ou bien les traces d'un moment privilégié qui la réchauffait encore de l'intérieur. De toute manière, elle n'avait pas envie de se cacher ; elle voulait communiquer cette joie, partager ce moment. Elle sourit, radieuse, et Laura, les yeux pétillants, lui rendit son sourire. Paul, toujours aussi pudique, baissa les yeux. Matilda n'avait pas l'air d'avoir tout à fait perçu le changement subtil qui s'était opéré chez sa tante, mais elle rayonnait quand même, l'allégresse ambiante semblant la rendre encore plus effervescente.

Le dîner se déroula dans la même atmosphère

harmonieuse. Accaparée par ses émotions, Amélie ne mangea cependant pas beaucoup, écoutant plutôt Jean-Claude et Paul parler météo en haute mer, bricolage et races de chiens. Matilda bâillait ostensiblement et s'occupait avec sa cousine — qui, elle, faisait honneur à son assiette, dans la mesure de son appétit d'oiseau. La plus jeune ne cessait malgré tout de jeter de petits coups d'œil à la dérobée en direction de leur invité, ce qui n'échappa pas à sa tante.

Après le repas, ils prirent un café sur la terrasse, dans l'air frais du soir. Matilda ne tenait pas en place. Il était manifeste qu'elle aurait nettement préféré aller se dégourdir un peu les jambes pour se défouler, mais craignait de passer pour une petite fille. Laura résolut son problème en sortant de nouveau son appareil pour prendre quelques clichés sous la lumière du crépuscule, permettant ainsi à sa cousine de s'occuper, soit à poser, soit à observer. Jean-Claude se prêta également au jeu. Remarquant que Paul, l'air peu enthousiaste, restait à l'écart, Amélie se laissa tomber sur une chaise à côté de lui.

« Vous en avez déjà assez des photos ? le taquina-t-elle.

— Quand je suis occupé, ça ne me dérange pas, répliqua-t-il avec un petit sourire.

— Tant mieux, commenta-t-elle, parce que vous n'en avez pas fini avec cet appareil, vu la tournure que prennent les choses ! »

Elle marqua une pause avant de poursuivre, curieuse :

« Tant que j'y pense, vous ne m'avez pas dit ce que vous faites dans la vie. Vous vivez dans la région depuis longtemps ? »

Il haussa les épaules, avec l'air de sous-entendre que la question n'avait guère d'importance.

« Excusez-moi, je suis peut-être indiscrète, reprit-elle, confuse.

— Mais pas du tout, répondit-il. Je suis électricien. Ma famille avait l'habitude de venir tous les ans en vacances ici, il y a des années de cela. J'étais quasiment amoureux de cette région, et lorsqu'un vieux du village m'a fait monter sur un bateau pour la première fois, mes derniers doutes se sont envolés. Je me suis installé sur place, et je n'en suis plus jamais parti.

— C'est une jolie histoire… Votre famille vient toujours en vacances ? Je les connais peut-être, commenta-t-elle, amusée par cette idée.

— Pas vraiment, répondit-il, imperturbable. L'habitude s'est perdue. Je ne suis plus en très bons termes avec la plupart d'entre eux, ce qui ne les encourage sans doute pas. Un ermite reste un ermite, n'est-ce pas ? ajouta-t-il d'un ton sarcastique.

— Je suis désolée, dit Amélie, perturbée par cette confidence faite avec tant de sobriété. J'ai aussi été en mauvais termes avec ma famille, à une époque de ma vie, avant mon mariage. Après, bien sûr, il y a des hauts et des bas, mais pour les enfants, on fait des efforts… »

Son regard se reporta automatiquement sur ses nièces, si vivantes et rieuses. « Il y a toujours quelque chose ou quelqu'un qui en vale la peine », ajouta-t-elle sans y penser.

Elle sentit le regard fixe de Paul sur son visage, et craignit de l'avoir mis mal à l'aise. Lorsqu'elle retourna la tête vers lui, son expression était indéfinissable.

« Merci, dit-il à voix basse.

— De quoi ? rétorqua-t-elle, embarrassée.

— Peu de gens savent réagir de manière juste à une confidence, et peu de gens sont capables d'évoquer leur expérience en réponse, non pas pour tout ramener à eux-mêmes, mais pour partager un vécu. C'est un don rare.

— Jeune homme, vous devez reprendre confiance en la nature humaine », lui dit-elle d'un ton grave.

Il eut une petite grimace.

« Vous croyez ?

— C'est impératif. Ce qui ne veut pas dire que ce sera facile, je le sais bien… Mais oui, je le pense sincèrement. Votre chien est adorable, mais j'ai peur que vous manquiez quelque chose.

— J'ai ceci », dit-il en les désignant tous d'un geste large — elle, Jean-Claude, les filles et la nature silencieuse alentour.

Elle lui sourit. « Oui, c'est un début — un excellent

début. Et vous allez tous nous avoir sur les bras encore quelques jours ! » ajouta-t-elle, malicieuse.

Il rit doucement, un éclat singulier dans ses yeux sombres. « J'y compte bien », lui dit-il.

Puis il se leva, un peu brusquement, la faisant sursauter. Jean-Claude revenait vers eux, un large sourire aux lèvres. Elle ne put que lui sourire en retour, mais reporta vite son attention sur Paul, qui déclara :

« Il est temps que je vous laisse. Merci beaucoup pour cette soirée, j'ai passé un excellent moment. Je vous reverrai tous demain, n'est-ce pas ?

— Bien sûr, dit Jean-Claude. Tu veux que je te raccompagne ?

— Oh non, merci, restez avec votre femme. Bonne soirée à vous, ajouta-t-il en baissant les yeux vers Amélie. J'ai beaucoup aimé discuter avec vous.

— C'était réciproque », assura-t-elle.

Il eut un sourire fugace, tourna les talons, et après un bref au revoir adressé aux filles — Amélie vit Matilda pâlir et froncer les sourcils, visiblement contrariée —, il disparut dans l'obscurité. Jean-Claude le suivit des yeux quelques instants, l'air songeur et un peu troublé, puis se concentra de nouveau sur sa femme. Elle lui sourit avec abandon ; il lui rendit son sourire, un peu incertain. La main qu'il lui tendit, cependant, était ferme. Elle la saisit sans trembler, avec un léger frisson qui courut le long de sa colonne vertébrale, de la nuque jusqu'au creux des reins.

« Il serait temps d'aller au lit, non ? » dit-il à la cantonade.

Matilda grommela, Laura rit, et Amélie serra plus étroitement les doigts de son mari.

Dans les lumières tamisées de la chambre, Jean-Claude s'approcha lentement de la fenêtre, écarta le rideau et contempla la nuit veloutée au-dehors. Il chercha à s'imprégner de ce calme, cette beauté. En vain. Son cœur battait à un rythme effréné, ses paumes étaient moites, et il se sentait aussi vulnérable qu'un adolescent qui se dénude pour la première fois.

Cette soirée avait été riche en émotions, très intense, et merveilleuse, il n'y avait pas d'autre mot. Il avait eu l'impression d'accéder à une complicité longtemps oubliée entre sa femme et lui. Certains rires, certains échanges de regards les séparaient du monde extérieur. Cette joie était montée *crescendo* et l'impatience avec elle, à chaque minute qui passait, chaque mot prononcé. Chaque geste, même le plus banal, semblait les mener jusqu'à l'instant où ils se retrouveraient seuls, face à face.

Il avait désiré ce moment, l'avait attendu avec émoi, porté par cette harmonie retrouvée. En la voyant rire, parler, se déplacer, il n'avait plus ressenti que cette conviction profonde : il était à elle, elle était à lui. Rien ne pouvait faire obstacle à cette évidence, lui avait-il semblé.

Et pourtant. Il restait bien un obstacle, et nul autre que lui-même. Elle était là, à quelques mètres de lui, séparée par une cloison, et le rejoindrait bientôt. Il lui faudrait être prêt, prêt à lui offrir les retrouvailles qu'elle attendait depuis si longtemps, à la hauteur de ses espérances. Il ne reculerait pas, ne s'enfuirait pas ; elle était si éclatante qu'il ne saurait que lui ouvrir les bras. L'idée même de s'éloigner d'elle était absurde et impossible, pire que le plus douloureux des rejets… et elle ne le rejetterait pas, il l'avait lu dans son regard. Mais cela suffirait-il ? Ses yeux, ses gestes sauraient-ils exprimer son besoin d'elle ? Ses doigts tremblants, ses jambes défaillantes le trahiraient-ils ? S'il la décevait, après tout ce temps passé à s'attendre, à se manquer de peu, paralysés par la peur… Il ignorait, alors, ce qu'il leur resterait bien à espérer. Mais il fallait chasser ces idées sombres, juguler l'angoisse, et ne penser qu'à elle. Elle était sa femme ; il la connaissait, et l'aimait de toutes ses forces. Rien d'autre ne comptait vraiment.

La porte s'ouvrit derrière lui.

Il se fit violence pour se retourner, lui faire face, la regarder, vraiment, en profondeur. Sa nuisette très simple, d'un bleu délavé, était la même qu'elle avait portée durant tant de chastes nuits. Elle avait les pieds nus, les cheveux lâchés sur ses épaules. Elle le fixa de ses grands yeux clairs, à l'expression insondable. Sa perception d'elle était comme aiguisée, jusqu'à en devenir presque douloureuse : il voyait ses épaules, sa poitrine se soulever au rythme de sa respiration régulière, ses bras se balancer de manière presque imperceptible le long de son corps, ses doigts se plier et se déplier nerveusement. Chaque détail était obsédant et le maintenait figé sur place, fasciné. Puis il songea qu'elle attendait — encore. Il fit un pas en avant, ouvrit et referma la bouche sans trouver le moindre mot. Il lui tendit une main dont il ne pouvait maîtriser les tremblements. Elle la prit et la serra fort dans la sienne.

Sans se laisser le temps de réfléchir, il tira sur cette petite main familière, et elle fut dans ses bras en une fraction de seconde. La chaleur de son corps, la douceur de ses formes tout contre lui étaient presque surréalistes. Elle se haussa sur la pointe des pieds, et leurs bouches se trouvèrent. Il l'embrassa comme s'il avait pu se perdre en elle, avec une passion, une urgence nouvelles et évidentes. Il y avait du feu dans ses veines, un brasier au creux de son ventre, un appel impératif, une fougue impossible qui se levait en lui. Elle était à lui, il était à elle. Comment avait-il jamais pu l'oublier ?

Amélie émit un son étouffé contre ses lèvres, un soupir ou un minuscule gémissement ; ses doigts glissaient contre son cou, ses ongles longs le griffant légèrement. Il leur fallut s'écarter un instant, reprendre leur souffle. Ils se dévisagèrent. Il y avait au fond de ses yeux une conviction et une confiance inébranlables, et il dut détourner le regard, en sentant qu'il n'avait pas, n'aurait jamais sa force. Elle lui toucha le visage, lui tourna doucement la tête vers elle. Elle l'embrassa de nouveau et il eut le vertige, s'accrocha à elle, à son corps fermement pressé contre le sien, sa taille fine où ses mains pouvaient aisément se caler, trouver leur place. Elle était plus tendre, cette fois-ci, insufflant en lui un désir ensorcelant, comme pour équilibrer la flamme trop dévorante ressentie précédemment.

Elle s'écarta lentement, s'avança vers le lit où elle vint s'asseoir, le tirant doucement par la main pour qu'il la rejoigne. Il caressa son épaule du bout des doigts, en suivant délicatement la courbe, effleurant tout juste sa peau. Elle passa ses bras autour de sa taille et l'attira contre elle, comblant l'espace entre leurs corps. Ils se retrouvèrent tout naturellement en position allongée.

La chaleur d'Amélie pénétrait à travers ses vêtements, appelait à plus de proximité encore. Il se redressa maladroitement pour retirer sa chemise. Son corps entier était prêt pour elle, affamé d'elle, mais son angoisse sourde ne s'était pas dissipée, pas encore — pas avant qu'il soit allé jusqu'au bout, qu'il se soit perdu en elle, donné entièrement. Les mains d'Amélie s'agrippèrent brièvement à ses épaules, puis glissèrent le long de son torse en une tendre caresse. Ses lèvres trouvèrent la peau sensible de son cou et ses doigts agiles sa ceinture. Ses mains à lui se posèrent de nouveau sur sa taille, puis descendirent pour se saisir du bord de sa chemise de nuit, qu'il remonta lentement, effleurant ses cuisses, son ventre. Elle leva les bras pour lui permettre de retirer complètement le vêtement, l'ayant elle-même entre-temps débarrassé de son pantalon. Il se sentait de nouveau trembler, mais il tendit les mains pour la toucher, effleurer ses seins nus. Il se pencha plus près, respira l'odeur de ses cheveux, et l'embrassa sur la gorge, goûtant sa peau. Ses doigts et ses lèvres explorèrent son corps, redécouvrant chaque courbe et chaque détail. Elle émit un soupir, et ses doigts se glissèrent dans les cheveux de son mari, le faisant frissonner.

Il entendait le souffle d'Amélie s'accélérer au fur et à mesure que ses caresses se faisaient moins hésitantes, plus tendres et plus précises. Son cœur à lui s'emballait en réponse à ses réactions, une joie profonde montant en lui, teintée d'une pointe de triomphe. Finalement, il ne l'avait pas oubliée, n'était pas devenu un étranger pour elle, comme il l'avait craint. Leurs retrouvailles n'étaient certes pas évidentes, pas immédiates, mais il y avait entre eux une harmonie, une intimité que rien n'avait pu endommager. Son émotion se faisait de plus en plus forte, montant irrésistiblement jusqu'au point culminant, où ils ne feraient plus qu'un. Elle le voulait aussi ; elle l'appelait de tous ses vœux, il percevait la légère impatience au-delà du plaisir, l'aspiration à une plénitude plus profonde. Il se redressa et croisa son regard.

Sa femme était nue devant lui, offerte et passionnée, belle jusqu'à la moindre de ses imperfections, belle à lui serrer la gorge et à lui faire monter les larmes aux yeux. Le trop-plein d'émotion lui donnait le vertige, son désir devenait presque douloureux, se mêlait à la tension nerveuse trop longtemps accumulée et conspirait contre lui. Il était submergé, et un éclair de peur glacée le transperça à cette constatation.

Elle tendit la main pour toucher son visage. Ses yeux exprimaient un amour sans limites, mais il savait, à présent, qu'il ne pourrait que la décevoir. Il sentait son corps le trahir, et un dépit mordant l'envahit. Il détourna la tête, incapable de la regarder en face et de constater sa déception.

Elle l'attira de nouveau vers elle, tendre et apaisante ; elle le serra entre ses bras, passant ses mains le long de son dos, de ses épaules. Il l'embrassa presque avec désespoir, voulant y croire encore, mais l'angoisse était revenue, tenace. L'étreignant plus fort, il enfouit son visage dans son cou, respira son odeur. Toujours pressée contre lui, elle lui caressa les cheveux, et il sentit ses lèvres effleurer son front.

« Je t'aime », murmura-t-elle.

Pour toute réponse, un léger gémissement lui échappa. Elle sembla chercher les mots pendant un instant, puis renonça, se contentant de le tenir dans ses bras. Ils restèrent étendus, étroitement enlacés et silencieux, pendant un long moment. Il sentait les battements de son cœur ralentir graduellement, revenant à la normale tandis que la résignation l'envahissait.

Enfin, ils durent se dégager pour se glisser entre les draps, et elle éteignit la lampe, laissant l'obscurité les envelopper.

Il sentit sa main chercher et saisir la sienne, entrelaçant leurs doigts. Elle posa sa tête contre sa poitrine, et il passa son bras autour de sa taille. Il était tiraillé entre la reconnaissance envers la douceur dont elle faisait preuve et la honte de cet échec, à présent accepté comme une fatalité à laquelle il aurait presque fallu s'attendre. Il resta longtemps les yeux ouverts dans le noir, incapable de trouver le repos, écoutant la respiration régulière de sa femme à ses côtés. Elle avait fini par s'endormir en le serrant toujours étroitement, pour le rassurer sans doute, ou parce qu'elle-même en avait besoin.

X.

Le lendemain matin en ouvrant les yeux, Amélie se sentit emplie d'énergie et d'optimisme.

Le soleil filtrait à travers les rideaux en une traînée dorée qui s'étalait sur la commode et le sol ; elle était au chaud, calée dans les bras de son mari, et entièrement détendue. Un sourire se dessina lentement sur ses lèvres, et elle s'étira. Jean-Claude était déjà réveillé. Il lui effleura le front d'un baiser, et murmura un vague bonjour contre sa peau. Elle l'embrassa, heureuse de cette proximité, du moment privilégié partagé la nuit précédente. Il n'y avait nulle place en elle pour les doutes ou le regret : elle ne s'était jamais imaginé qu'il leur serait facile de se retrouver, et savourait donc chaque pas en avant, chaque petite victoire. Le simple fait d'être allongée auprès de lui, sa peau dénudée contre la sienne, la comblait de joie.

Après lui avoir rendu son baiser, son mari se redressa et chercha du regard ses vêtements. Elle s'écarta pour lui permettre de se lever, restant à paresser bienheureusement tandis qu'il se rendait dans la salle de bains. Elle écouta le bruit de l'eau qui coulait, les yeux clos, avec un petit sourire. Le quotidien lui semblait prendre un tout nouveau sens. Chaque joie simple la laissa émerveillée, du plaisir d'une longue douche à l'odeur du café quand elle descendit dans la cuisine, en passant par le rire de Laura, qui l'accueillit quand elle

151

sortit de la chambre.

Son changement d'humeur devait être visible, car Matilda l'observa d'un air un peu perplexe, et Laura, après l'avoir dévisagée un instant, lui adressa un grand sourire, qu'elle lui rendit avec nonchalance. Elle n'avait pourtant pas pour habitude de se montrer morose, mais elle irradiait sans doute, ce matin, quelque chose de particulier. Jean-Claude, lui, ne manifesta pas de réaction immédiate. Elle le surprit pourtant à lui jeter un coup d'œil furtif. En reprenant du café, elle lui effleura la main ; il eut un léger frisson, et répondit à sa brève pression.

Dans une atmosphère bruyante, ils firent la vaisselle et se préparèrent pour retourner chez Paul, en débattant des habits qu'il convenait de choisir pour aller repeindre un bateau. Matilda, après force taquineries, renonça à sa petite robe courte, qu'elle troqua contre un vieux tee-shirt. Amélie aussi dut se changer, n'ayant aucune envie de massacrer sa jupe. Ils se mirent en route dans l'air encore agréablement tiède. Jean-Claude semblait ragaillardi par les ondes de joie de vivre qu'émettait sa femme, bien qu'il parût encore par moments un peu préoccupé. En sortant de la maison, Amélie lui avait fermement saisi la main, et il serra étroitement ses doigts en retour, se rapprochant d'elle jusqu'à ce que leurs épaules s'effleurent.

Chantonnant pour elle-même, Laura entraîna sa cousine en tête de la petite troupe. Amélie eut envie de rire en regardant les deux jeunes filles gambader. Il était plus qu'évident que l'aînée était plus ou moins consciente de ce qui se passait entre son oncle et sa tante, et qu'elle avait la ferme intention de leur donner le plus d'occasions possibles de se retrouver seule à seul.

Elle pencha juste un petit peu la tête, et se retrouva avec sa joue calée contre l'épaule de son mari. Sans le regarder, elle devina qu'il souriait à ce contact.

« Bien dormi ? demanda-t-elle.

— Oui, oui, répondit-il vaguement, et elle se douta qu'il ne disait pas tout à fait la vérité. Et toi ?

— Très bien », fit-elle d'une voix douce.

Elle avait accentué ces deux mots pour exprimer quelque chose de plus profond et de plus intime, et à son léger soupir, elle se douta qu'il avait compris ce qu'elle cherchait à lui dire.

Ils poursuivirent leur chemin dans une proximité silencieuse, jusqu'à leur arrivée au hangar. Paul les attendait, appuyé contre la porte ; il les fit entrer et leur expliqua qu'ils commenceraient par poncer l'ancienne peinture, avant de pouvoir entamer le travail en lui-même. Il leur distribua à tous des feuilles de papier de verre, non sans prendre le temps de féliciter Matilda, gentiment moqueur, d'avoir choisi des habits adéquats pour leur activité. La jeune fille devint écarlate, mais ses yeux brillaient un peu trop pour exprimer seulement de l'indignation.

« Il n'y a pas de raison de ne me dire ça qu'à moi ! protesta-t-elle. Tante Amélie aussi avait mis une jolie jupe et a dû se changer, je ne suis pas la seule !

— Ah, désolé. Je pensais n'avoir qu'une petite coquette à gérer dans le groupe, mais il s'avère qu'il y en a deux », répondit-il avec un clin d'œil.

Il avait tourné la tête en parlant, de Matilda vers Amélie, si bien qu'il était difficile de dire à laquelle des deux le geste était destiné. Amélie lui adressa, sans commentaire, un large sourire qu'il lui rendit avec un peu plus d'hésitation. Elle observa attentivement la démonstration de ce qu'il attendait d'eux, puis se mit au travail avec bonne volonté. Ils se répartirent en s'attribuant différentes parties du bateau : elle se retrouva entre son mari et Matilda.

On n'entendait dans le hangar que le grattement du papier de verre contre la surface, et le bruit des respirations. La tâche était un peu monotone, nécessitant du soin, mais pas de réelle concentration ; cela ne dérangeait pas Amélie. Les mains occupées, mais l'esprit libre, elle pouvait laisser ses pensées vagabonder et même observer un peu les autres, tant qu'elle continuait à prêter attention à ce qu'elle faisait.

À côté d'elle, Jean-Claude travaillait avec application. Il était ainsi quel que soit l'ouvrage qu'il se voyait confier, rigoureux et besogneux, toujours prêt à venir en aide à autrui ; un sourire tendre apparut sur ses lèvres tandis qu'elle le regardait. Matilda, elle, semblait encore plus distraite que sa tante. Elle ne cessait de jeter de petits coups d'œil de l'autre côté du bateau, hors du champ de vision d'Amélie, qui devina aisément que c'était là où Paul se tenait. Sa nièce, la mâchoire serrée, semblait perturbée et agacée par quelque chose. Leurs regards se croisèrent soudain ; Matilda détourna prestement la tête et se remit à frotter avec application le morceau de coque sur lequel elle s'acharnait déjà depuis dix minutes. Ne voulant pas donner l'impression de l'espionner, Amélie reporta, elle aussi, son attention sur son travail. En tournant la tête, elle aperçut son mari qui l'observait, et ils échangèrent un sourire ; le visage de Jean-Claude s'éclaira un peu.

Lorsqu'elle sentit, un peu plus tard, un regard sur sa nuque, Amélie s'attendit à ce que cette attention provienne une fois encore de son époux. Cependant, en se retournant, elle se retrouva face à face avec Paul. Il s'était déplacé sans bruit autour du bateau, apparemment pour vérifier que tout le monde s'en sortait.

« Vous faites ça très bien, lui assura-t-il d'un ton bref.

— Merci beaucoup, vous êtes sûr que vous ne dites pas ça pour m'amadouer ? » lança-t-elle d'un ton joyeux, surprise et ravie du compliment.

Elle plaisantait, mais avait plutôt eu l'impression de s'y prendre un peu n'importe comment. Paul, l'air plutôt gêné, détourna les yeux en marmonnant une phrase inaudible, lui adressa un signe de tête un peu raide et la dépassa pour aller corriger la manière dont Matilda tenait son papier pour poncer la coque. Amélie le suivit des yeux en fronçant un peu les sourcils, intriguée. L'adolescente eut un sursaut lorsque les doigts du marin s'enroulèrent brièvement autour de son poignet pour la guider.

« Comme ça, ça va très bien », murmura-t-il en la lâchant.

Elle eut un hochement de tête un peu brusque et se remit à frotter avec une énergie exagérée, mais ne put empêcher son regard d'être attiré par lui lorsqu'il s'éloigna. Amélie eut un petit soupir. Il lui faudrait garder sa nièce à l'œil, sans pour autant se mêler de sa vie privée. Cela ne serait sans doute pas simple… Mais après tout, la vie et les relations humaines ne l'étaient jamais vraiment. Elle n'avait pas à se plaindre. Matilda non plus : elle était entourée de membres de sa famille, aimée et choyée, jeune, avec tout son avenir devant elle.

En les voyant tous ensemble, Amélie alla jusqu'à penser que malgré leurs failles et leurs conflits intimes, ils étaient tous, d'une certaine manière, à envier. Ils étaient ensemble, prêts à se soutenir et à s'aider mutuellement à avancer. C'était une chance rare.

La silhouette solitaire de Paul quitta de nouveau son champ de vision, et elle se demanda brièvement s'il pensait, lui, avoir quelqu'un sur qui compter.

Laura ne pouvait retenir un sourire à chaque fois qu'elle jetait un regard vers Amélie, ou profitait d'une pause dans leur travail pour prendre une ou deux photos de plus. Ce jour-là, le visage de sa tante l'attirait comme un aimant. Chaque angle, chaque mouvement accentuait son éclat, et il lui fallait absolument les capturer avec son appareil. Elle était tout simplement rayonnante. La lumière qu'elle semblait irradier était celle du bonheur, simple et profond. Cela avait sauté aux yeux de Laura comme une évidence dès qu'elle l'avait vue. Pourtant, la jeune fille n'avait pas souvent été le témoin d'une telle plénitude. Matilda non plus, à en croire l'air interloqué avec lequel elle avait dévisagé leur tante — mais elle s'était vite désintéressée de ce mystère, accaparée par ses propres préoccupations.

Laura aurait aimé essayer de distraire un peu sa cousine, qui paraissait de plus en plus agitée et ne cessait de jeter à Paul des regards fébriles. Cependant, la joie manifeste de sa tante avait quelque chose de contagieux, semblait la réchauffer à l'intérieur, lui communiquer entrain et optimisme. Elle préférait — sans doute égoïstement — se focaliser sur ce petit miracle de la vie, tellement mérité. Les traits d'Amélie étaient détendus, ouverts ; elle semblait en harmonie complète avec le monde entier, prête à partager l'amour qui l'emplissait avec tous ceux qui l'entouraient.

Pourtant, la cause évidente de cette euphorie ne donnait pas l'impression de la partager entièrement.

Jean-Claude ne pouvait visiblement s'empêcher de sourire quand il croisait le regard de sa femme, mais le reste du temps, il semblait perdu dans ses pensées et plutôt soucieux. Laura s'interrogeait sur les raisons de ce malaise. Songeuse, elle cadra son oncle sans qu'il s'en aperçoive, pressa deux fois le déclencheur. Quand elle passa en revue les photos qu'elle venait de prendre, son cœur se serra. Sur les deux dernières, Jean-Claude, de profil, avait une ressemblance frappante avec son père tel qu'il était encore gravé dans son souvenir. Un instant, tourné vers un être cher, il semblait joyeux et chaleureux ; le suivant, une ombre venait obscurcir son visage, pesante. Laura serra les dents et éteignit l'appareil d'un geste vif.

Elle s'avança vers son oncle, et s'adossa au bateau à ses côtés.

« Ça va ? demanda-t-elle.

— Mais oui, répliqua-t-il d'un ton surpris. Et toi, tes photos ? Tu me montres ? »

Elle n'hésita qu'une seconde avant de lui tendre l'appareil. Il était toujours le plus enthousiaste vis-à-vis de ses clichés, le premier à les réclamer mais aussi celui qui prenait le plus le temps de les observer. Son regard détaillait attentivement les silhouettes et les expressions, s'attardant, bien sûr, sur Amélie. Ils avaient passé de longs moments comme ça, penchés sur des visages figés sur l'écran et pourtant tellement vivants. Elle se demandait s'il ressentait la même chose qu'elle à les regarder. C'était comme une proximité paradoxale, comme si les personnalités mêmes de ses modèles se trouvaient saisies là, pour qui savait les déceler.

Naturellement, il passa très vite sur les photos qui le représentaient, mais elle l'arrêta lorsqu'il arriva aux dernières, lui prenant l'appareil des mains pour les lui montrer.

« Tu ressembles à papa sur celles-ci, je trouve », dit-elle à voix basse, se surprenant elle-même.

Il cligna des yeux, pris au dépourvu. Il lui jeta un bref regard, puis reporta son attention sur le cliché en question, le détaillant malgré lui. Elle passa de l'un à l'autre, de l'ombre à la lumière. Il acquiesça vaguement.

« Si tu le dis… Peut-être. Parfois, les ressemblances, ça vous frappe juste par instants…

— C'est le cas. Vous êtes assez différents, mais là… Je m'en suis tout de suite rendu compte. »

Il hocha de nouveau la tête.

« Il aimait bien la photo, dit-il d'un ton lointain. Je veux dire… Tu as dû le voir en prendre quelques-unes, bien sûr, mais pendant notre adolescence, il a vraiment eu sa période photographie. On ne le trouvait quasiment jamais sans un appareil à la main. Pourtant, il ne tenait pas en place, on aurait pu penser qu'il ne prendrait pas le temps de se concentrer pour faire la bonne photo au bon moment… Mais il y arrivait. Je n'ai jamais trop su comment. Il savait faire beaucoup de choses.

— C'est le souvenir que j'en ai, répondit-elle. Mon père savait cuisiner, prendre de belles photos, réparer tout et n'importe quoi et rendre les problèmes de maths compréhensibles. C'était mon héros. »

Il eut un geste maladroit comme pour la prendre par l'épaule. Elle le fixa droit dans les yeux.

« Mais parfois, il ressemblait à ces photos de toi, poursuivit-elle. Il me regardait comme si j'étais sa princesse, avec des étoiles dans les yeux, mais quand il croyait que j'étais de nouveau occupée à jouer, son visage s'assombrissait. Je n'ai pas eu le temps de lui demander pourquoi. Il devait penser que j'étais trop jeune pour m'apercevoir de quoi que ce soit. »

Son oncle la dévisagea ; elle crut lire une panique naissante dans son regard. Il s'efforça de se contrôler, battit des paupières à plusieurs reprises. Elle voyait le reflet humide dans ses yeux. Il ne pouvait le lui cacher. Il répondit d'une voix rauque :

« Tout le monde a des moments comme ça. Tu le sais bien, Laura.

— Oui, je le sais, dit-elle. Je l'ai toujours su. On essaie de le cacher, mais ça finit toujours par se voir.

— C'est parce que tu es une jeune personne très observatrice. »

Elle haussa les épaules.

« Je ne sais pas s'il faut vraiment être observateur. Tout le monde peut se rendre compte de quelque chose, juste en prenant le temps de regarder. Il y a beaucoup de gens qui préfèrent ne pas voir, tout simplement. »

Il lui fallut un certain temps pour parvenir à déglutir. Elle regardait les émotions passer sur son visage, ses traits se contracter. Elle n'aimait pas provoquer cette réaction chez lui, mais elle sentait qu'elle n'avait fait que ramener à la surface une douleur plus profonde. Il y avait des non-dits, entre eux et dans la famille.

« Tu dois avoir raison », marmonna-t-il d'une voix un peu rauque.

Elle lui effleura la main. Ils échangèrent un regard, clair et profond. Elle savait qu'ils se comprenaient. Elle l'avait toujours confusément perçu, dans son silence, ses maladresses : lui aussi portait un lourd fardeau. Elle espérait qu'ils pourraient le partager.

« Tu voudras bien me parler de mon père ? dit-elle à voix basse. Tous les autres préfèrent éviter le sujet, comme si ça ne pouvait faire que du mal. Mais j'ai besoin d'en parler.

— Bien sûr », répondit-il dans un souffle.

Elle hocha la tête et s'éloigna lentement, à reculons, serrant étroitement son appareil entre ses mains. Jean-Claude était figé comme une statue. Elle pivota sur ses talons et regagna sa place d'une démarche d'automate, passa devant Paul sans le voir, leva une main tremblante pour reprendre le ponçage. Elle frotta la coque du bateau de toutes ses forces, le papier de verre râpant ses doigts minces.

Le soir, Amélie trouva son mari installé dans le grenier, courbé sur de vieux albums photo qu'il feuilletait fébrilement.

Depuis quelques heures, il avait eu une attitude étrange, semblant perdu dans de sombres et lointaines pensées, sursautant quand on lui parlait. Elle ignorait la cause de ce changement, et en était perturbée. Elle avait cherché une occasion de se retrouver seule avec lui pour en discuter, mais comme leurs nièces et Paul étaient toujours dans les parages, il leur avait été impossible de trouver un peu de temps à eux. Après le repas, il s'était comme volatilisé. Voilà donc où il s'était rendu.

« Jean-Claude ? » appela-t-elle à voix basse.

Il se redressa sur son siège en sursautant.

« Ah, c'est toi. Entre », dit-il en s'efforçant visiblement de se ressaisir.

Elle se glissa dans la pièce obscure et vint s'asseoir sur l'accoudoir de son fauteuil, regardant les albums empilés par terre et les clichés étalés sur ses genoux.

« Tu fais dans la nostalgie ? commenta-t-elle doucement.

— Je cherche des photos pour Laura, rectifia-t-il. J'ai pensé que ça lui ferait sûrement plaisir d'en avoir. »

Amélie hocha lentement la tête. Elle avait bien remarqué que sa nièce, elle aussi, avait semblé distraite et agitée vers la fin de la journée, et se doutait que son trouble et celui de Jean-Claude étaient liés d'une manière ou d'une autre. Elle se pencha un peu plus en reconnaissant les visages sur les clichés : trois hommes qui riaient en fixant l'objectif — son mari, et ses deux beaux-frères.

« Vous étiez tellement jeunes.

— J'ai l'impression que c'était une autre vie, répondit-il d'une voix sourde.

— C'était l'été de notre rencontre, non ? poursuivit-elle d'un ton léger. Je reconnais ta coiffure, elle était très… spéciale. Mais bon, ça ne m'a pas rebutée, la suite l'a prouvé… »

Un bref sourire éclaira son visage à ce souvenir.

« Oui… oui, c'était cet été-là. »

Sa femme penchée par-dessus son épaule, il parcourut encore quelques photos. Elles étaient toutes plutôt anciennes : des clichés qui n'apparaissaient guère sur les albums, des photos de vacances mal cadrées, prises un peu partout dans la maison et les alentours. Il y avait dans ces visages joyeux, saisis au milieu d'un éclat de rire, un enthousiasme bruyant qui tenait encore de l'adolescence.

« Michel en a pris beaucoup, dans cette série, dit Jean-Claude. François et moi aussi, mais on était moins doués. La plupart de celles où on nous voit tous les trois sont de ma mère. Elle nous appelait ses ouragans, elle n'arrêtait pas de se plaindre qu'il y en avait toujours au moins deux sur trois qui ne tenaient pas en place, mais au fond, elle adorait ça.

— Je me souviens, tu m'en as parlé. »

Elle eut un petit rire.

« Ça me rappelle nos fils.

— J'ai toujours pensé qu'ils ressemblaient à mes frères, moi aussi », murmura-t-il.

Amélie le savait, ou plutôt s'en doutait. Depuis l'accident de Michel, Jean-Claude n'évoquait plus que très rarement sa fratrie. Elle avait appris à déceler les moments où des souvenirs, des associations d'idées venaient raviver la blessure et lui crispaient les traits. Elle savait qu'il apercevait parfois, à travers les visages de leurs enfants, des ombres disparues. Elle savait qu'il n'avait jamais vraiment su s'y prendre avec Laura et sa mère — et que ces vacances, d'une certaine manière, représentaient pour lui une seconde chance de se rapprocher de cette nièce elle aussi tellement silencieuse. Elle comprenait par bribes, instinctivement, beaucoup de douleurs persistantes qu'il n'avait jamais exprimées avec des mots.

Elle avait posé une main sur son bras, et il la recouvrit de la sienne, la serrant doucement.

« Tu as parlé avec Laura ? demanda-t-elle.

— Oui. C'est elle qui a abordé le sujet. Il paraît que sur certaines de ses photos, je ressemble à son père.

— Il fallait sa sensibilité pour percevoir la similitude. Ç'a dû te faire drôle, qu'elle te dise ça.

— Oui… Et la suite encore plus. »

Il s'interrompit, s'éclaircissant légèrement la voix et cherchant les mots justes. Elle attendit sans commentaire : elle voulait le laisser venir, surtout ne rien brusquer. Les doigts de son mari — la main qui ne tenait pas la sienne — s'étaient refermés autour d'une photo du frère disparu.

« Elle voit beaucoup de choses, cette petite, déclara-t-il d'une voix éraillée. C'est… surprenant. Elle… »

Il se racla de nouveau la gorge.

« Elle n'avait que treize ans. C'était une gosse. Enfin, tu t'en souviens aussi bien que moi. On ne sait jamais comment gérer une telle tragédie… Ça paraît impossible, ça n'arrive qu'aux autres.

— Je m'en souviens.

— Avant de mourir, mon frère… »

Sa voix s'étouffa comme si le fait d'exprimer cette réalité la rendait encore plus tangible et insupportable.

« Il traversait… une période difficile. Peu d'entre nous en étaient conscients, mais ça, je ne m'en suis rendu compte qu'après. Tellement de gens semblaient penser qu'il avait été parfaitement heureux. C'était très difficile à gérer. Je ne t'en ai jamais vraiment parlé, du moins pas en détail, mais tu l'as bien senti, non ?

— Oui, dit-elle. Je savais que tu t'inquiétais pour lui. »

Il eut un rire bref. « Je n'avais pas besoin de te le dire. Tu me connais assez bien pour comprendre ce qui se passait… »

Il hésita.

« Peut-être que la plupart des gens ne font pas attention aux problèmes des autres, pas vraiment, à moins qu'on ne leur en parle directement. Après tout, la vie, ça va, ça vient. Il était surmené, et avec sa femme, tout n'était pas toujours facile. Ça arrive à tout le monde. Regarde-nous… On a du mal, certains jours, et je dois te décourager un peu, mais on tient le coup. On sait qu'on va s'en sortir. N'est-ce pas ?

— Oui. »

Elle prononça ce mot unique avec force, ses doigts se crispant autour des siens, presque à lui faire mal. Elle s'en rendit compte, et desserra un peu sa prise.

« Lui aussi, il allait s'en sortir, ce n'était qu'une mauvaise passe. Il n'en a pas parlé à grand monde. Il était fatigué, il se demandait un peu où allait sa vie. Oh, il allait s'accrocher à son couple. Et il avait sa gamine. Sa princesse… Puis il y a eu l'accident. »

Il prit une profonde inspiration, ferma les yeux un instant. Amélie s'en souvenait, elle aussi — le choc, la douleur.

« Le doute n'est pas venu tout de suite. Je n'y ai pas pensé, je ne pouvais plus penser à rien. Mettre un pied devant l'autre, peut-être. Je ne sais plus exactement, j'avais perdu mon frère. Et puis j'ai vu tous ces gens dire en pleurant qu'il était tellement heureux, que tout lui avait réussi, et que c'était injuste. Ils n'avaient rien compris. Ça m'a déçu, et ça m'a fait mal. Oui, c'était injuste, mais pas parce qu'il avait une belle famille, un beau métier et une belle maison. Il ne se résumait pas à ça, à une petite vie établie, une réussite sociale. Ce n'était qu'une apparence, et lui, il le savait. Mais ç'a mis le ver dans le fruit. J'ai commencé à me rappeler ses désillusions, toutes ces choses qu'il ne confiait pas à tout le monde, mais que moi je savais. Je savais qu'il n'était pas si heureux, que ça faisait longtemps que c'était le cas. Et puis j'ai pensé et repensé à cet accident — un peu inexplicable, comme le sont parfois les accidents. »

Il marqua une pause douloureuse.

« Il n'avait rien bu, rien pris, il n'y avait pas d'obstacle et pas de chauffard en face. Juste un chemin qu'il prenait tous les jours, des conditions de conduite normales, la routine. Et tout s'est terminé comme ça. Un virage mal pris, il est sorti de la route, il n'a pas eu de chance. Il était tellement vivant, tellement fort. Je l'avais cru indestructible, quand j'étais gosse. Et il est mort comme ça, stupidement. Juste un accident de voiture comme il y en a sans arrêt. Au début, on se demande pourquoi, pourquoi la vie nous fait ça. Moi, je me suis demandé comment. »

Amélie se taisait, le laissant épancher des années de douleur et d'interrogations. Elle sentait, un peu plus à chaque mot, où il voulait en venir. Elle avait le vertige en réalisant qu'il avait gardé ce doute caché en lui, secret, pendant si longtemps. Elle avait un peu peur d'en entendre plus : c'était effrayant, de voir un drame tellement ancré dans l'histoire familiale sous un jour entièrement nouveau, et d'un seul coup. Il avait porté ce poids, seul. Elle fut submergée par un besoin presque incontrôlable de le serrer fort dans ses bras, en l'imaginant traverser cette épreuve, revoyant son visage à l'enterrement, les mois qui avaient suivi.

« Il avait toujours conduit un peu trop vite, poursuivait-il. Il aimait bien s'étourdir de vitesse. C'était un homme qui n'aimait pas que les choses lui résistent. Pour lui, la vie, il fallait la croquer à pleines dents, filer droit devant… Parfois, je me dis que je suis un imbécile de douter, que c'est mal le connaître. Et parfois je me dis qu'il était fatigué, et que tout arrive. Un moment de désespoir, l'impression d'être enfermé dans une vie qui manque de sens… On ne sait jamais ce qui peut vous passer par la tête. Je ne sais plus, je me suis posé la question pendant des jours et des nuits, je me suis détesté de ne pas savoir. Personne d'autre n'a jamais semblé imaginer… le pire. Pire encore qu'une mort par malchance, si c'est possible. Sa femme était tellement effondrée, je n'allais pas lui mettre en plus cette idée en tête. François ne savait rien de spécial. Alors j'ai gardé ça pour moi.

— Je comprends », dit-elle à voix basse.

Elle lui effleura doucement la nuque. Il respirait lentement, profondément, luttant pour contenir ses émotions. Elle passa alors ses bras autour de ses épaules, se penchant vers lui, en équilibre instable sur l'accoudoir, jusqu'à ce que sa joue soit pressée contre les cheveux de son mari. Elle l'étreignit, espérant l'inciter à se laisser aller, sans chercher à contenir ce qui débordait en lui. Il émit un long soupir tremblant.

« Chut », murmura-t-elle, son souffle lui caressant le front.

Il hocha lentement la tête. Ils restèrent immobiles quelques instants, enlacés.

« Laura ne sait rien de tout ça », dit-elle enfin, d'un ton d'évidence.

Cela lui semblait aller de soi, et elle eut donc un léger sursaut lorsque son mari fut parcouru d'un frémissement.

« Elle m'a dit quelque chose d'étrange… répondit-il lentement. Ça m'a frappé. En parlant de la ressemblance entre moi et Michel… J'étais un peu perdu, aujourd'hui, et ça se voyait sur ses photos… Elle m'a clairement laissé entendre qu'elle savait que son père non plus n'allait pas toujours vraiment bien. Qu'il le cachait, et pensait qu'elle était trop jeune pour s'en apercevoir, mais qu'elle s'en était très bien rendu compte. La manière dont elle m'a dévisagé à ce moment-là… Son regard m'a presque transpercé, j'avais l'impression qu'elle lisait en moi comme dans un livre ouvert. C'est une sensation vraiment perturbante face à une fille aussi jeune. Rien ne lui échappe. Et si ç'avait déjà été comme ça à l'époque ? Si elle avait compris quelque chose ? »

Il tremblait.

« Elle veut que je lui parle de son père. Elle a envie de savoir qui il était vraiment, bien sûr. Ce n'est pas le genre de personne qui s'arrête aux apparences. Elle voudrait le connaître jusqu'à ses failles, et la chance de le faire en personne lui a été arrachée… Elle a le droit qu'on l'aide à le découvrir encore plus. Mais est-ce à moi de le faire ? Je ne vais certainement pas aller lui parler… de mes doutes, c'est trop grave. Mais comment savoir exactement ce qu'elle sait déjà, ce qu'elle devine, ce qu'elle imagine ? C'est un poids immense. Je ne suis pas sûr de pouvoir l'assumer, et pourtant, je lui dois bien ça. »

Amélie hésita, mesurant toutes les implications de cette situation. Elle réfléchit longtemps, avant de reprendre la parole d'une voix lente, posée.

« Tu l'as dit toi-même, elle veut que tu lui parles de son père, tel que tu le connaissais. Avec tous tes souvenirs, tout ton amour. Tout ce que tu savais de lui : ses qualités, ses défauts, ses contradictions. Je pense que c'est de ça qu'elle a besoin. Même ses parts d'ombre, elle est prête à les entendre — elle veut les entendre. Elle te l'a montré. Pour ce qui est des circonstances de sa mort… Tu as raison, tu ne peux pas lui laisser entendre quelque chose d'aussi dramatique sans en avoir aucune certitude. Elle est mûre, et sa sensibilité est plus développée que celle de certains hommes et femmes plus âgés, mais il s'agit tout de même de son père. Pour le reste, par contre, je crois que tu ne devrais pas avoir peur de lui parler franchement. Donne-lui tout ce que tu portes en toi que ton frère t'a laissé, de souvenirs, de mots, de ressentis. Je sais que ça ne sera pas facile, mais tu as besoin de l'exprimer. Tu ne t'es jamais vraiment remis de sa disparition, pas vrai ?

— Non, murmura-t-il. Il est toujours en moi. Il ne m'a jamais quitté.

— Alors dis ça à Laura. Partage-le avec elle. N'aie pas peur, ni de tes sentiments, ni de ses réactions. »

Il porta une main tremblante à ses yeux, et elle y joignit la sienne, sentant ses larmes sous sa paume. Elle se laissa glisser à terre, s'agenouillant devant lui, au milieu des albums photo, prenant son visage entre ses mains. Elle se sentait étrangement forte, ébranlée, vulnérable mais paradoxalement prête à faire face à tout, à le soutenir quoi qu'il advienne. Il tendit ses bras vers elle, et ils partagèrent de nouveau une longue étreinte, unis en profondeur.

Matilda errait sur les chemins qui menaient vers la plage, agitée et indécise. Elle donna des coups de pied aux galets, fixa d'un œil noir les frondaisons qui s'étiraient au-dessus de sa tête et lui cachaient le soleil de cette fin de journée, envisagea de revenir sur ses pas avant de changer d'avis une fois encore.

Incapable de tenir en place après le dîner, elle avait cru qu'une promenade lui dégourdirait les jambes et lui éclaircirait l'esprit, mais il n'en était rien. Elle était tiraillée entre des directions opposées : une partie d'elle ne cessait de revoir Paul et le hangar en pensée, une autre désirait se réfugier dans sa chambre, boucler la porte et se blottir sur son lit. Et puis il y avait l'impulsion impérieuse qui lui enjoignait de courir à en perdre le souffle, jusqu'à la plage, de se jeter dans la mer — s'élancer droit devant, sans limites. N'importe quoi pourvu qu'elle échappe à ces frustrations incessantes, qu'elle se perde momentanément, en laissant tout derrière elle.

Son cerveau refusait de la laisser en paix, elle ne parvenait qu'à ressasser encore et encore les mêmes idées. Les doigts de Paul sur son poignet — elle avait eu un brusque mouvement de recul, en sentant son cœur bondir dans sa poitrine, effrayée et furieuse de sa propre réaction. Quelle idiote. Il lui souriait avec une certaine distance, ses yeux passaient sur elle sans s'arrêter. Mais il l'aimait bien. Il l'avait taquinée alors qu'elle n'avait rien fait pour prendre l'initiative de cet échange, s'était approché d'elle pour lui montrer comment poncer cette satanée peinture — tout près. Il n'avait pas besoin de venir aussi près, ça ne pouvait pas être un hasard. Ou peut-être qu'elle se leurrait. Après tout, il pouvait très bien se conduire de manière tout à fait avenante, sans la moindre arrière-pensée. Pour preuve, il s'était montré très proche de sa tante, avait souvent discuté avec elle la veille, et lui avait de nouveau parlé et prêté beaucoup d'attention pendant la journée. Amélie avait bien réagi, semblait l'apprécier. Il y avait entre eux deux une sorte de complicité qui perturbait Matilda, une entente naturelle qui s'était très vite manifestée.

Amélie avait semblé tellement étrange aujourd'hui, éclatante de bonne humeur, presque transfigurée. Elle irradiait la joie de vivre, et les autres pouvaient à peine détacher leur regard d'elle — ni Laura, qui l'avait mitraillée sans cesse avec son appareil, ni Jean-Claude, ni Paul. À côté, Matilda s'était sentie terriblement jeune et immature, sans même arriver à comprendre pourquoi. Il était absurde de se comparer à sa propre tante, après tout. Mais Paul avait fixé cette dernière d'une manière réellement singulière, comme s'il était incapable de s'empêcher de la regarder… Mais non, c'était elle, Matilda, qui se focalisait sur lui jusqu'à l'obsession, se faisait des idées délirantes. Elle passait d'un extrême à l'autre : soit il était attiré par elle et le lui laissait subtilement entendre, soit, au contraire, c'était Amélie qui l'obnubilait, bien qu'elle fût mariée. Elle se montrait ridicule et en était douloureusement consciente, tout en se sentant incapable de se ressaisir.

Matilda aperçut soudain une silhouette sombre assise un peu plus loin, et son cœur rata un battement. Mais ce n'était que Laura, recroquevillée sur un rocher, les yeux dans le vague. Son appareil était près d'elle, bien sûr. Pourtant, elle ne l'utilisait pas et ne semblait rien regarder en particulier, se contentant de rester assise là sans rien faire. Le premier réflexe de Matilda fut de l'éviter, comme elle n'était franchement pas d'humeur à discuter ; mais elle eut bientôt une impression bizarre en la voyant ainsi figée et immobile. Elle finit par venir se laisser tomber à ses côtés. Sa cousine tourna à peine la tête, et lui lança un sourire visiblement forcé.

« Ça va ? demanda Matilda, ne trouvant rien d'autre à dire.

— Bien sûr, rétorqua Laura du tac au tac.

— Très bien », marmonna-t-elle, gênée.

Il y eut un bref silence. Matilda croisa et décroisa les bras, fixa l'horizon, comme sa cousine, puis détourna brusquement les yeux pour balayer le paysage du regard. L'exaspération la gagnait face à cette situation absurde. Elle allait se relever lorsque Laura demanda d'une voix posée :

« Ça t'aide à te vider l'esprit, ta promenade ? »

Matilda resta interloquée un instant, puis répondit :

« Pas vraiment, non.

— Ça n'a pas marché pour moi non plus, dit sa

cousine en hochant la tête. La nature, la solitude, tout ça c'est très bien, mais ça ne fait pas tout.

— C'est clair », grommela Matilda.

Elle observa sa cousine à la dérobée, se demandant comment elles s'étaient soudain retrouvées sur la même longueur d'onde. Entre l'immobilité de Laura et sa propre fébrilité, le contraste n'aurait pas pu être plus grand. Pourtant, leurs esprits étaient peut-être tout aussi tourmentés. Elle se demanda quelle en était la raison. Elle avait trouvé sa cousine d'assez bonne humeur, plus tôt dans la journée.

« Alors toi aussi, tu essaies de te distraire un peu ? avança-t-elle.

— J'essaie, oui. Ce n'est pas facile. Il y a des choses auxquelles on ne peut pas échapper.

— Son propre cerveau, pour ne citer qu'un exemple, grinça Matilda.

— Oui, en général c'est de là que vient le problème », approuva Laura d'une voix songeuse.

Matilda haussa les épaules. Elle détestait se laisser tarauder par des pensées importunes, se torturer l'esprit en conjectures obsédantes. Cela ne lui ressemblait pas, elle ne cessait de se le répéter, comme si cela allait suffire à la libérer. Elle préférait, dès que c'était possible, ignorer les problèmes, s'étourdir.

« Mais de toute façon, on ne peut pas passer la journée à ressasser, affirma-t-elle avec une assurance un peu arrogante. Il faut bien passer à autre chose.

— Et tu y arrives ?

— En général, rétorqua-t-elle, tout en sachant très bien que cela n'avait guère été le cas récemment.

— Tant mieux pour toi. Ça dépend des personnes… Ainsi que du moment, et du genre de préoccupations qui nous tournent dans la tête. Ça dépend de beaucoup de choses, en fait. Ce n'est pas forcément simple… Mais après tout, qu'est-ce qui est toujours simple, dans la vie ? »

Sa cousine parlait un peu comme une automate, les yeux dans le vague. Matilda était d'autant plus mal à l'aise qu'elle savait qu'elle disait la vérité — une vérité qui, une fois énoncée, semblait évidente, et qu'il était pourtant bien difficile de réaliser par soi-même. Elle savait aussi que Laura était sûrement encore hantée par des idées noires plus profondes et plus dangereuses que les siennes. Elle fixa ses pieds, prenant de nouveau conscience, amèrement, de sa propre immaturité.

« Tu ne veux pas me dire à quoi tu penses ? » tenta-t-elle, sans réellement savoir pourquoi elle posait la question.

Laura leva les yeux, la dévisageant avec gravité.

« Tu veux vraiment le savoir ?

— Oui.

— À mon père », répondit-elle simplement, jouant d'un air absent avec la dragonne de son appareil photo.

Matilda déglutit, en songeant qu'elle aurait dû s'en douter. Elle se sentait désarmée face à ce sujet : elle n'avait que de vagues souvenirs de son deuxième oncle, avait vécu le drame de très loin, sans jamais y être directement confrontée. Elle ne connaissait ni les mots ni les attitudes avec lesquels faire face au deuil. Une telle souffrance la laissait paralysée, un peu perdue, prise d'une forte envie de fuir. La mort, c'était une notion tellement lointaine.

« Je suis désolée, dit-elle maladroitement.

— Tu n'as pas à l'être, répliqua Laura. Je n'ai pas besoin que tu me réconfortes, tu sais. Il est parti il y a longtemps. Ça fait toujours mal, mais c'est comme ça, la vie. On s'habitue à cette douleur, c'est presque comme garder une part de lui, son souvenir. Quand je dis ça, ça rend les gens mal à l'aise… Certains pensent que c'est un peu morbide. Mais ce n'est pas que je n'ai pas envie de guérir. Je sais seulement que toute blessure laisse une cicatrice. »

Matilda hocha vaguement la tête. Elle n'avait pas les mots pour répondre, mais elle effleura le poignet de sa cousine, sans vraiment savoir si c'était là le geste à faire.

Laura lui sourit. Elle ne pleurait pas, mais les larmes étaient là, toutes proches, et faisaient briller ses yeux. Matilda la trouva très jolie, avec son visage fragile, l'intensité exprimée par ces traits fins, à vous faire tressaillir.

« Je ne sais pas quoi dire, avoua-t-elle à voix basse.

— Ne dis rien, c'est très bien comme ça. Ne t'inquiète pas. »

Il y eut un silence, les deux cousines restant immobiles, côte à côte, à respirer lentement, profondément et à regarder ensemble le ciel s'obscurcir.

« Et toi, ça va ?

— Moi, ça va toujours », affirma Matilda.

Laura se mit à rire.

« Ça, c'est un mensonge. »

Matilda avait l'impression d'être dénudée sous son regard : clair et profond, il semblait percevoir beaucoup de choses, au-delà des mots. Elle se mordit les lèvres et se mit à jouer avec la chaîne qu'elle portait autour du cou. Le trèfle d'argent, à quatre feuilles, était froid entre ses doigts. Elle tirailla le bijou, nerveuse.

« En tout cas, je suis là si tu veux en parler, dit simplement Laura.

— Merci », souffla-t-elle.

Touchée, elle se sentit moins mal à l'aise, bien qu'elle sût qu'elle ne saisirait pas l'occasion — trop de confusion dans ses sentiments, de gêne, de crainte d'être ridicule. Il était précieux, réalisa-t-elle, de savoir que quelqu'un était là pour vous, même lorsqu'on ne recherchait pas cette aide. C'était un soutien en cas de coup dur, comme un talisman contre la solitude. Les deux cousines échangèrent un bref sourire, sachant qu'elles se comprenaient, à cet instant précis, sans doute plus que jamais.

« Je vais me promener sur la plage, décida Matilda, l'attrait de cette perspective se trouvant augmenté à présent que son humeur s'était un peu apaisée. Tu veux venir avec moi ? »

Laura hésita.

« Je pense que je vais plutôt rentrer… Je dois parler avec oncle Jean-Claude, mais ça m'étonnerait que ça se fasse ce soir, c'est sûrement trop tôt. Il va probablement passer un peu de temps tranquille avec tante Amélie, ça leur fera du bien. Moi, j'ai bien envie d'aller me coucher. La journée a été longue, j'avoue. »

Matilda acquiesça, troublée par les allusions à demi-mot de sa cousine. D'après la gravité de son ton, sa conversation avec Jean-Claude ne porterait certainement pas sur le temps qu'il faisait. Et ainsi, leur oncle et leur tante avaient besoin, selon elle, de passer plus de temps en tête-à-tête. La jeune fille les avait sûrement trop vite jugés comme un de ces couples tranquilles, immuables, qui semblent aller de soi. Il y avait plus de complexité dans leurs rapports — mais vu le bonheur évident d'Amélie aujourd'hui, ils semblaient aller dans la bonne direction.

Matilda se surprit elle-même avec cet intérêt soudain, ce besoin de s'impliquer dans les vies de ceux qui l'entouraient. Peut-être Laura déteignait-elle sur elle, ou peut-être s'était-elle attachée à eux tous, durant ce séjour, plus qu'elle ne l'aurait soupçonné au départ. Amélie et Jean-Claude lui donnaient, dans certaines de leurs réactions, l'impression d'être une personne unique et intéressante, et non pas juste un petit feu follet qu'on ne pouvait trouver que soit amusant soit exaspérant, sans la moindre nuance. Ou bien peut-être, simplement, avait-elle grandi.

« De quoi tu veux parler à oncle Jean-Claude ? demanda-t-elle, se sentant un peu indiscrète.

— De mon père, justement. »

Matilda hocha de nouveau la tête. Son propre père n'évoquait jamais le frère qu'il avait perdu. Elle supposait qu'il préférait ne pas y penser, faire abstraction du passé et s'étourdir d'une vie au rythme effréné. C'était une fuite en avant : elle s'en rendait clairement compte, elle qui lui ressemblait un peu trop. Jean-Claude, comme Laura, était plus sobre, plus silencieux et bien plus difficile à percer à jour. Leur discussion ne manquerait pas d'être douloureuse, mais elle aurait aussi, probablement, quelque chose de salvateur. Il était difficile d'imaginer deux personnes plus secrètes.

« Bon, je vais te laisser, alors », dit-elle d'un ton hésitant, voyant que sa cousine ne faisait pas mine de se lever pour rentrer.

Laura lui sourit à nouveau.

« Bonne promenade, dit-elle d'une voix douce.

— Merci », répliqua Matilda, en s'éloignant à pas lents, sans la quitter des yeux.

Elle se détourna enfin et s'éloigna le long du chemin, perdue dans ses pensées.

Ce dialogue avait réussi à la distraire un peu de ses inquiétudes. Les visages de Jean-Claude, d'Amélie, de Laura défilaient dans son esprit. En quelques jours passés ensemble, elle avait découvert beaucoup de choses sur eux, mais bien des aspects de leurs personnalités lui échappaient encore. Elle avait envie de continuer à passer du temps en leur compagnie. Avec eux, elle avait l'impression d'être acceptée, malgré ses défauts et ses contradictions. On lui faisait sa place ; on la regardait, se préoccupait d'elle.

C'était une sensation perturbante, qu'elle n'aurait pas réellement été capable de s'expliquer. Peut-être avait-elle tout simplement croisé les bonnes personnes au bon moment… Dans ce cas précis, plus précisément, elle avait enfin eu l'occasion de les découvrir, au lieu de les voir à la va-vite dans les réunions de famille. C'était toute une aventure, de découvrir quelqu'un. Et évidemment, elle repensa à Paul, se demanda si elle l'avait découvert, lui… ou si elle en aurait bientôt le loisir. Elle se mordit les lèvres, agacée, mais décida de faire preuve d'indulgence envers elle-même. Elle était visiblement incapable de se le sortir de la tête pour le moment. Se rendre malade à ce sujet ne ferait qu'empirer encore les choses.

Plongée dans ses pensées, elle venait d'arriver sur la plage, et un aboiement sonore la fit sursauter et grimacer. Le destin devait avoir une dent contre elle. La grosse bestiole de Paul — Alceste, rien que ça — était en train de se précipiter dans sa direction. Elle se raidit, mais s'efforça de rester calme lorsque le chien, arrivé à sa hauteur, se frotta contre elle avec enthousiasme, mendiant une caresse. Quelle que soit la personne qui avait affirmé que les animaux le percevaient quand on ne les aimait guère, elle n'avait visiblement jamais rencontré ce spécimen-là. Plus elle se crispait, plus il semblait affectueux.

« Au pied, Alceste ! » lança enfin la voix de son maître au loin.

La bête obéit, se précipitant vers lui. Il la gratta entre les oreilles tout en se rapprochant lentement.

« Voilà que mon chien attaque les jeunes filles, à présent. Désolé. Ça ne va pas arranger ma réputation ! déclara-t-il d'un ton léger, un peu sarcastique.

— Il voulait seulement jouer, marmonna Matilda, qui n'avait pas envie de s'attarder sur l'incident.

— Mais toi, tu n'aimes pas vraiment les animaux, je me trompe ? »

Elle haussa les épaules.

« Les chiens me rendent un peu nerveuse. Ils sont tellement… envahissants. Ils vous sautent dessus sans prévenir, même les plus minuscules. Les chats, c'est quand même mieux.

— Je ne vais pas débattre sur le sujet, j'adore les deux. Les chats sont des sauvages, alors pour moi, ça va de soi, plaisanta-t-il. Mais les chiens sont loyaux et tendres, et on peut réellement se fier à eux. Ils font les meilleurs compagnons.

— Je n'ai pas de chat, non plus. Je sais, je connais le proverbe : qui n'aime pas les animaux n'aime pas les hommes ! »

Elle avait déclaré cela d'un ton un peu provocant, et s'en voulut d'être toujours sur la défensive avec lui. Elle n'avait certainement pas envie qu'il se remette à la trouver désagréable. Il haussa les épaules.

« Oh, je ne sais pas si c'est aussi simple. Moi, ce n'est pas que je n'aime pas les hommes, j'ai juste beaucoup de mal à vivre en société. Avec un animal, c'est tellement plus facile, dit-il d'un ton dégagé. C'est à toi de me dire si tu n'aimes vraiment pas les animaux… J'avais plutôt l'impression qu'ils t'ennuyaient, ou que tu en avais un peu peur.

— Je n'ai pas peur des animaux, ce serait idiot ! » se défendit-elle, avec un peu de mauvaise foi.

Il eut un sourire, mais ne chercha pas à la contredire. Elle y arrivait très bien toute seule ; elle rougit fortement en en prenant conscience.

Elle regarda ailleurs, cherchant désespérément une contenance. Malheureusement, ils étaient seuls avec un gros chien sur une plage déserte, et ses options étaient limitées. Soit elle continuait de discuter avec lui, soit elle l'abandonnait pour poursuivre sa promenade seule. La seconde possibilité était assez tentante… Cependant, elle savait qu'il serait grossier de manifester de manière aussi évidente le désir de l'éviter. Elle ne pouvait même pas prétendre être venue nager, car elle n'avait pas son maillot.

En réalité, cette alternative n'en était pas une, songea-t-elle. L'impulsion qui la poussait à le fuir était équilibrée par son désir de demeurer auprès de lui, les forces s'annulaient, si bien qu'elle ne pouvait se décider. Elle en était réduite à rester plantée là comme une idiote, à attendre sans savoir quoi dire.

« Tu dois en avoir un peu assez de me voir, non ? commenta-t-il. Après toute une journée à poncer la peinture de mon bateau, ça se comprendrait ! Enfin, maintenant, on a fini cette partie du travail…

— Non, ça va », répondit-elle maladroitement.

Il s'était remis à marcher, longeant lentement la plage avec son chien. Sans réfléchir, elle se hâta de le suivre.

« Ce n'est pas si désagréable que ça, poursuivit-elle. C'est vrai, on est tous ensemble…

— Content de te l'entendre dire. C'est vrai, je me suis retrouvé à réquisitionner toute la famille avant même d'avoir compris ce qui m'arrivait !

— C'est plutôt la faute de mon oncle, non ? fit-elle

remarquer.

— C'est vrai, moi je n'ai rien demandé », dit-il en riant.

Le son de son rire la troubla et la remua au creux du ventre. Elle eut un frémissement qu'elle s'efforça de dissimuler.

« C'est la première fois que je repeins un bateau, déclara-t-elle pour dire de briser le silence.

— Ce n'est pas vraiment le hobby le plus répandu chez les jeunes filles, c'est vrai…

— J'ai souvent été au bord de la mer avant, mais tout ce qui est navigation, je n'ai jamais trop pratiqué. Je préférais nager.

— C'est une sensation très différente. En nageant, on fait réellement corps avec l'eau. Sur un bateau, on glisse à sa surface, on se laisse guider, tout en gardant le contrôle, évidemment. On est davantage dans une position d'observateur.

— Je n'avais jamais vu ça comme ça », souffla-t-elle.

Il haussa les épaules.

« Tu n'as pas dû fréquenter beaucoup de vieux radoteurs. »

Matilda songeait à elle et à Laura, à la différence entre regarder, percevoir avec distance, et se débattre à contre-courant. Elle se rappela aussi la discussion sur le vouvoiement qu'elle avait eue précédemment avec Paul.

Elle saisissait mieux, maintenant, ce qu'il avait voulu dire. Instinctivement, à cet instant, elle l'aurait plutôt vouvoyé, parce qu'il semblait très loin d'elle et plus vieux qu'elle ne l'avait jamais considéré. Il y avait entre eux un abîme, non pas en nombre d'années, mais en expérience et en profondeur de vue. Cela lui donnait envie de se mettre en retrait, de se faire toute petite… Mais en même temps, elle ressentait toujours l'impulsion de se rapprocher pour combler cette distance, ou du moins la diminuer.

« J'aime beaucoup la métaphore, dit-elle.

— Ce n'est qu'un petit fruit de l'expérience.

— Tu ne te sens jamais seul, avec ton bateau et ton chien ? » osa-t-elle demander.

Elle sut, dès que les mots eurent quitté sa bouche, qu'ils n'exprimaient pas ce qu'elle aurait voulu. Il y avait encore là la désinvolture insolente qui ne la quittait jamais vraiment, alors même que sa curiosité était sincère. Elle se mordit la lèvre.

« Je suis seul, dit-il posément, sans paraître froissé de sa maladresse. C'est une manière de vivre qui me convient. Il y a des jours où c'est difficile, il y a des jours où j'en suis profondément heureux. La plupart du temps, j'avance, tout simplement.

— Je suis désolée, dit-elle à voix basse.

— De quoi, cette fois-ci ? »

Elle hésita, un peu paralysée.

« D'être toujours… oh, je ne sais pas. Je parle trop vite, c'est tout. Je ne voulais pas me montrer irrespectueuse. Je me posais juste la question.

— Ça ne me dérange pas de te répondre. Et j'avais déjà remarqué que tu es du genre impulsif. Je l'ai remarqué dès le début, d'ailleurs. Tant que tu ne te mets pas à imaginer que je te suis, ce n'est pas grave. »

Elle s'empourpra à cette allusion.

« Tout le monde pense que je ne suis qu'une gamine arrogante, dit-elle brusquement. Et c'est un peu vrai, quelque part. Mais je ne suis pas que ça.

— Alors montre ce que tu crois être, répondit-il simplement. Pourquoi te préoccuper de ce que les autres pensent ? C'est pour toi seule que tu devrais vouloir être autre chose qu'une gamine arrogante.

— Je ne sais pas trop ce que je pense, moi. Je ne sais pas trop ce que je suis. C'est… vague, dans ma tête. J'ai toujours préféré ne pas trop me poser de questions, juste aller de l'avant… »

Matilda s'interrompit, sa voix s'étranglant un peu, ses joues de plus en plus brûlantes. Les mots lui échappaient, exprimant de manière décousue des pensées qu'elle portait en elle depuis longtemps, sans jamais les avoir vraiment formulées. C'était brouillon, intime et elle ne savait pas réellement, elle-même, ce qu'elle voulait dire.

Elle aurait dû garder tout ça pour elle. Mais Paul était

là, avec sa voix posée, son visage calme et cette sagesse étrange, et elle ne pouvait pas s'empêcher de lui parler, parce qu'il était d'une importance vitale qu'il comprenne. Peut-être lui dirait-il quelque chose qui l'aiderait à y voir plus clair. Peut-être porterait-il sur elle un regard différent.

Au lieu de cela, il lui effleura l'épaule, maladroitement. Elle tourna la tête vers lui : il l'observait, les sourcils un peu froncés, d'un regard pénétrant. Ses yeux étaient sombres et brillants, perçants. Il n'était pas très loin. Ils marchaient lentement, sans but précis, juste pour dire de se mouvoir, d'avancer. Elle voyait chaque trait de son visage, vit ses lèvres s'entrouvrir. Il sembla qu'il allait commencer à parler, mais il se ravisa et respira profondément, paraissant réfléchir.

Elle ne réfléchit pas, elle, mais fit juste un grand pas qui lui coupa la route, et se haussa vers lui, encore plus près. Sa bouche frôla la sienne en un geste chaotique, à la fois hésitant et marqué d'une volonté désespérée. Cela n'avait rien de commun avec les baisers qu'elle avait donnés auparavant, à des garçons de son âge, prétentieux ou immatures. Il s'écarta dans un mouvement de surprise, et elle embrassa le vide, l'air piquant, un peu salé du soir. Il recula prestement ; son chien, qui s'était un peu éloigné, le rejoignit d'un bond avec un aboiement sonore, croyant à un jeu.

Elle resta comme pétrifiée, sans savoir que faire. Il la dévisageait avec une incrédulité qui la blessa plus que tout. Son cœur battait trop fort, lui donnait l'impression d'être prêt à jaillir de sa poitrine, elle avait du mal à respirer. La panique montait en elle après cette impulsion totalement spontanée.

« Matilda », dit-il enfin, à voix basse.

Elle eut un petit sursaut en l'entendant prononcer son nom.

« Nous allons faire comme si cela n'était jamais arrivé. »

Elle chercha ses mots et finit par marmonner :

« Mais c'est arrivé.

— Ça n'aurait pas dû. Je te demande de m'excuser si je t'ai donné l'impression de… même un instant… Tu es trop jeune.

— Je suis presque majeure », répliqua-t-elle vivement.

Sa voix se fit soudain beaucoup plus forte, presque claironnante, tandis qu'une bouffée d'espoir irraisonné l'envahissait.

« Si c'est ça le problème…

— Non, l'interrompit-il. Que tu sois majeure ou pas n'y change rien. Et ne te dis pas que c'est parce que je te trouve immature. Je ne m'intéresse pas aux jeunes filles, tout simplement. Je suis désolé si tu t'es fait… de fausses idées. Je n'aurais jamais pensé… »

Il secoua la tête d'un air incrédule.

« Oublions ça, d'accord ? Tu es une gamine épatante, dans ton genre — j'en suis sûr. Je ne voudrais pas te faire du mal. Trouve-toi un garçon de ton âge, et surtout, découvre la personne que tu as envie d'être. C'est ça le plus important, le reste… on peut faire sans. Prends bien soin de toi. »

Il lui parlait avec chaleur, mais s'éloignait d'elle en même temps, à reculons, un pas après l'autre. Elle déglutit, la gorge nouée. L'intuition diffuse qu'elle avait eue précédemment, dans le hangar, était revenue la frapper de plein fouet. Elle sentit qu'elle devait en avoir le cœur net.

« Attends, souffla-t-elle.

— Il vaut mieux que je m'en aille, répliqua-t-il, bien qu'il se soit tout de même arrêté. Ne te sens pas obligée de venir demain si tu n'en as pas envie.

— Justement, poursuivit-elle, un peu tremblante, mais poussée par le besoin d'aller au bout des choses. Justement, en parlant de demain. J'ai remarqué… Tu as dit ne pas t'intéresser aux jeunes filles. »

Il la dévisagea.

« Oui, et alors ?

— Ça veut dire que tu préfères les femmes. Ma tante, par exemple. »

Il se figea. Elle vit ses yeux s'agrandir, briller d'une lueur de panique. L'amertume l'envahit, difficile à juguler.

« Ne sois pas ridicule, dit-il vivement. Ta tante est une femme mariée. La femme d'un ami à moi, qui plus est. Qu'est-ce qui a bien pu te faire penser ça ?

— Je ne suis pas aveugle, articula-t-elle. Je me suis juste… fait des illusions. »

Il secoua la tête avec véhémence — trop de véhémence pour être convaincant.

« Oui, tu te fais des idées. Enlève-toi ça de la tête.

— Mais je l'ai senti. Mes parents… mes parents ont tous les deux des aventures. Je sais reconnaître une attirance entre deux personnes. Et le mariage, ce n'est pas un très grand obstacle. Tout ça, je le sais. »

Elle parlait de plus en plus vite, envahie par une angoisse sourde.

« Arrête ça, Matilda, lui ordonna Paul. Ta tante n'est pas comme tes parents. »

Et elle sut qu'il avait raison, comme une évidence. Cependant, cela ne suffit pas à l'apaiser. Elle venait de se faire rejeter, elle se retrouvait, à nouveau, coincée au milieu de relations de couple tumultueuses. Et cet équilibre dont elle venait à peine de prendre conscience, cette part de sa famille qu'elle découvrait tout juste… Tout se trouvait brutalement remis en question. Son cœur battait trop fort, à lui faire mal. Elle était incapable de se calmer.

« Regarde-moi dans les yeux et dis-moi que j'ai tort », articula-t-elle d'une voix rauque.

Il sembla perdu un instant, puis se reprit.

« Tu as tort si tu penses que je représente la moindre menace pour ta famille. »

La nuance était claire. Matilda respira profondément, fermant brièvement les yeux. Elle avait le vertige — un trop-plein d'émotions, prêt à déborder.

« Rentre chez toi, lui dit Paul. Oublie cette soirée. Je parle sérieusement. Tu n'as pas à t'inquiéter. Oublie-moi un peu. Je ne suis ni un danger, ni… quelqu'un à qui tu devrais t'intéresser. Tu es jeune et tu as une famille formidable. C'est une chance. Va donc les rejoindre. »

Elle hocha vaguement la tête, un peu étourdie. Il s'éloigna de quelques pas, rappela son chien qui gambadait, et s'en alla d'un pas vif. Elle regarda sa silhouette solitaire devenir de plus en plus petite et lointaine. Puis elle se détourna, elle aussi, et battit précipitamment en retraite, impatiente de quitter les lieux et de se réfugier à la maison.

Matilda remonta le chemin en courant, arrivant à bout de souffle devant la porte. Elle se glissa à l'intérieur et se dirigea vers l'escalier. Cependant, elle hésita au pied des marches, répugnant à se retrouver seule dans sa chambre avec ses pensées, son humiliation et ses inquiétudes. Elle songea à sa cousine, mais elle ignorait si cette dernière avait bien pu parler avec leur oncle. Sans doute était-elle encore occupée… Ou bien il lui fallait se préparer à cette discussion si importante. Dans tous les cas, elle avait d'autres choses à faire que de l'écouter.

De toute manière, Matilda ignorait si elle serait capable d'évoquer sa rencontre avec Paul, son geste impulsif, la manière à la fois gentille et ferme dont il l'avait repoussée. Et puis il y avait Amélie, si radieuse aujourd'hui, apparemment si proche du marin. Tout cela tourbillonnait dans la tête de la jeune fille, elle n'arrivait pas à réfléchir de manière cohérente. Ses émotions l'envahissaient, la dépassaient. Elle se laissa tomber sur la première marche, enroulant son bras autour d'une barre de bois contre laquelle elle s'appuya, à demi recroquevillée.

« Matilda ? »

La porte du salon s'était ouverte, et la voix qui l'appelait était douce. Matilda tourna la tête et posa les yeux sur le visage de sa tante. Elle la dévisagea, sans parvenir à prononcer un mot. Amélie s'avança et se pencha jusqu'à ce que leurs visages se trouvent à la même hauteur.

« Est-ce que ça va ?

— Oui, murmura Matilda.

— Ça n'en a pas l'air. »

Elle haussa vaguement les épaules. Sa tante lui effleura doucement le bras, puis retira sa main.

« Je suis là si tu as envie de parler », dit-elle.

Elle hocha la tête, un peu trop brusquement. Amélie

s'était redressée et semblait hésiter, réticente à la laisser comme ça, assise en bas de l'escalier, mais sentant qu'elle ne souhaitait pas en dire plus.

« Tu sais où me trouver », ajouta-t-elle avant de passer lentement devant elle pour monter les marches.

Matilda eut un mouvement soudain comme pour la retenir, puis se ravisa. Amélie marqua une pause. Au bout d'un moment, la jeune fille parla enfin :

« Je suis allée me promener sur la plage, dit-elle. J'ai croisé Paul. »

Amélie s'assit quelques marches au-dessus de sa nièce.

« Et comment est-ce que ça s'est passé ? demanda-t-elle.

— On a parlé. C'était bizarre. Je n'arrêtais pas de dire des bêtises. Il me rend toujours un peu… nerveuse.

— Oui, il m'a semblé remarquer ça », dit sa tante à voix basse.

Matilda ferma les yeux et articula lentement :

« Tu sais, je pense que tu lui plais. »

Un silence lui répondit. Elle ne se retourna pas pour regarder Amélie, resta figée sur place, attendant sa réponse, le cœur battant la chamade. Enfin, elle entendit :

« Ma chérie, je crois que tu te fais des idées. On s'entend bien, mais c'est tout, évidemment.

— Tu n'as pas vu la manière dont il te regarde ?

— C'est un ami de ton oncle, Matilda, dit lentement Amélie.

— Maman a déjà couché avec des amis de mon père. Ça ne l'a jamais dérangée », répondit un peu crûment la jeune fille.

Amélie encaissa.

« Tout dépend de ta définition du mot "ami", reprit-elle. Chaque personne a sa propre… manière de fonctionner. Paul est un homme bien. C'est aussi un solitaire, alors peut-être que ça t'a semblé étrange que nous nous entendions si bien. Mais parfois, des affinités se créent très vite. Il n'y a jamais eu la moindre arrière-pensée, j'en suis certaine.

— Il me l'a quasiment avoué.

— Pourquoi est-ce qu'il t'aurait dit ça ? s'étonna sa tante. Écoute, Matilda… Tu as l'air un peu confuse, ma chérie. Peut-être que tu l'as mal compris. Tu parais toujours un peu… tendue, avec lui, vos caractères sont très différents… »

Elle hésita, semblant très embarrassée, et Matilda se douta qu'elle avait remarqué sa conduite étrange — qu'elle avait compris, même, que Paul l'attirait terriblement et qu'elle était incapable de le gérer. C'était une situation gênante, mais la jeune fille avait l'impression d'avoir déjà passé la soirée à s'humilier de diverses manières. La situation ne pouvait guère empirer encore.

« Je l'ai embrassé », avoua-t-elle tout à trac.

La main d'Amélie effleura la sienne. Elle sembla chercher les mots justes.

« Il m'a dit que j'étais beaucoup trop jeune et qu'il était désolé s'il m'avait donné de faux espoirs sans s'en rendre compte, poursuivit l'adolescente. Bien sûr, il n'avait jamais rien fait de tel, mais j'ai cru… Il était gentil, et il m'a parlé comme si j'étais… quelqu'un d'important. Je n'ai pas trop réfléchi. Après tout, j'aurais pu lui plaire, pourquoi pas ? Mais ensuite, je me suis souvenue que je l'avais vu te regarder… souvent. Je lui ai posé la question. Il a eu l'air vraiment secoué, et il m'a dit la même chose que toi. Qu'il est un ami d'oncle Jean-Claude, et que vous vous entendez bien. Mais j'ai l'impression qu'il n'est pas du genre à mentir ouvertement. Il était incapable de nier complètement. Tu as sûrement raison, c'est quelqu'un de bien. Il m'a répété qu'il n'était un danger pour personne, que j'avais une famille géniale. Et puis il est parti, et je suis rentrée.

— Je suis désolée, ma chérie, dit Amélie, ses doigts se resserrant autour des siens.

— Il ne te plaît pas, pas vrai ? demanda Matilda d'un ton brusque, tournant la tête pour dévisager sa tante.

— Non, Matilda, répondit-elle avec douceur. C'est un ami. Et moi, j'aime ton oncle. »

La jeune fille hocha lentement la tête. Elle détourna

les yeux et fixa le bois des marches, de la barre de l'escalier, contre laquelle ses doigts tambourinaient nerveusement.

« Mes parents ne s'aiment pas, alors.

— Ma chérie… »

Amélie hésita, puis l'entoura d'un bras. Matilda haussa les épaules.

« En tout cas, ils n'en donnent pas l'impression.

— Je ne sais pas, murmura-t-elle.

— On s'aime, ou on ne s'aime pas. Il n'y a pas de troisième option.

— C'est parfois plus compliqué que ça. Les relations humaines, amoureuses… »

Elle émit un soupir.

« Les gens font des erreurs… parce qu'ils sont perdus, ou égoïstes, ou qu'ils ne se rendent pas compte des implications de leurs actes.

— Et tu trouves ça normal ?

— Non, bien sûr que non. Mais parfois, on peut essayer de comprendre. Surtout lorsqu'il s'agit de ses proches. »

Matilda serra les dents. Elle n'avait pas envie d'essayer de comprendre. Mais d'un autre côté, la rancœur ne pouvait lui faire que du mal. Elle aurait préféré pouvoir cesser de penser à tout cela, tout simplement.

Elle se pencha et posa sa tête contre l'épaule de sa tante, qui lui caressa légèrement les cheveux. Étrangement, elle ne trouva pas cette situation humiliante, alors qu'elle était blottie contre elle comme une petite fille. Elle avait juste besoin de se reposer un moment, de s'appuyer sur quelqu'un. Quelqu'un sur qui elle pouvait compter.

XI.

La nuit de Jean-Claude fut bien courte, agitée de rêves flous. Une journée si riche en émotions était peu propice au repos, et les souvenirs qu'il avait laissés remonter à la surface s'enchevêtraient par bribes dans son subconscient, jusqu'à ce qu'il puisse à peine en distinguer les contours. Il s'éveilla avec un sentiment d'épuisement et de confusion. Heureusement, la présence d'Amélie, tendre et rassurante, lui donna un peu de force. Elle paraissait pourtant préoccupée, elle aussi ; en le rejoignant au lit, la veille au soir, elle lui avait seulement dit brièvement qu'elle avait discuté avec Matilda, qui avait visiblement des états d'âme.

En retrouvant les autres à la table du petit déjeuner, il put constater de lui-même qu'il n'était en effet pas le seul en proie à des émotions contradictoires. L'atmosphère était étrange : il percevait une nette tension dans l'air, mais elle n'empêchait pas un certain plaisir d'être ensemble, une complicité maladroite mais forte, de subsister. L'attitude de Matilda était certainement la plus ambiguë : elle donnait l'impression d'éviter le regard de tout le monde, tout particulièrement de Laura et d'Amélie, puis elle se montrait d'un seul coup plus chaleureuse, avant de sombrer une fois encore dans le mutisme. Sa cousine aussi semblait d'humeur versatile, préoccupée un instant, de nouveau souriante la minute qui suivait, les observant tour à tour de ses grands yeux pensifs. C'était bien entendu sur elle que son attention s'était vite focalisée, suite à leur discussion de la veille. S'il n'avait pas su pertinemment qu'elle avait ses propres bouleversements à gérer, Jean-Claude aurait pu croire qu'elle ne faisait que réagir aux variations dans les attitudes des autres, aux émotions qu'ils dégageaient et qu'elle absorbait comme un buvard. À chaque fois que leurs regards se croisaient, elle lui adressait un petit sourire, le visage calme ; mais il lui semblait voir un reflet plus incertain, un très léger tremblement dans le fond de ses yeux, qu'il ne percevait certainement que parce qu'il s'attendait à le trouver là. Elle aussi avait dû revivre des souvenirs, la nuit dernière, bien différents des siens — des fragments d'enfance qu'elle cherchait probablement à redécouvrir avec une lucidité nouvelle.

Chacun étant occupé de ses pensées, le silence régna la majeure partie du temps pendant que la famille déjeunait, puis se préparait pour se rendre chez Paul. Lorsque Jean-Claude et Amélie sortirent, main dans la main, ils trouvèrent leurs nièces appuyées contre la barrière du jardin, épaule contre épaule, discutant à voix basse. Amélie s'avança vers elles la première :

« Toujours partantes, les filles ? demanda-t-elle. Matilda ? »

L'adolescente parut rougir, mais elle hocha la tête d'un air résolu.

« Je ne vais quand même pas tous vous laisser

tomber ! » dit-elle d'un ton léger qui sonnait faux.

Jean-Claude, resté un peu en retrait de cette assemblée féminine, haussa les sourcils, intrigué. Quelque chose lui échappait, c'était manifeste. Pourtant, Matilda et Paul avaient semblé beaucoup mieux s'entendre récemment que lors de leurs premières rencontres. Sans doute la jeune fille était-elle perturbée pour une raison tout à fait autre, et elle aurait simplement pu préférer être un peu seule.

Quand ils se mirent en route, Jean-Claude vit Amélie et Laura échanger un regard. Il y eut, entre elles, un instant de connivence ; cependant, elles semblaient hésitantes. Toutes deux ne lâchaient guère Matilda des yeux, mais semblaient conscientes de la nécessité de la laisser un peu tranquille, au lieu de rester sur son dos. Pensif, il considéra sa plus jeune nièce. Elle avançait à grands pas, les épaules légèrement voûtées, donnant l'impression de n'avoir pas particulièrement envie d'engager une conversation avec qui que ce soit. Mû par une impulsion, il accéléra l'allure, lui aussi, jusqu'à se tenir à sa hauteur, et marcha à ses côtés en silence.

Matilda lui jeta un bref coup d'œil. Elle semblait nerveuse, mais lui dédia un sourire un peu forcé. Elle se mordilla la lèvre, visiblement préoccupée et ne cessant de le regarder à la dérobée. Jean-Claude espéra qu'il n'avait pas manqué de tact en lui imposant sa présence. Amélie et Laura en savaient manifestement plus que lui, et cherchaient à entourer la jeune fille ; il avait songé qu'une présence plus neutre, auprès de laquelle elle ne se sentirait pas obligée de parler, pourrait lui paraître réconfortante, mais sans doute s'était-il trompé. Il n'était guère dans la nature de Matilda d'apprécier un moment de complicité silencieuse, le simple fait d'être ensemble. Comme son père, c'était une impulsive, une nature sanguine, qui parlait vite et fort et avait besoin d'attention autant que d'oxygène. Pourtant, à cet instant, elle semblait plus abattue que frustrée, et il ne pouvait se montrer indifférent à cette peine dont il ignorait la cause. Croisant son regard, il lui sourit, et elle lui rendit un sourire un peu hésitant, baissant les yeux et tripotant une mèche de sa chevelure.

« Tu as parlé à tante Amélie, pas vrai ? lui demanda-t-elle.

— De quoi ? répliqua-t-il. De toi ? Non, pas vraiment. »

Les yeux de la jeune fille s'agrandirent.

« C'est vrai ? Elle ne t'a rien dit ?

— Elle aurait dû ? s'enquit-il.

— Non… Non, en fait, elle a bien fait. Enfin, non, je veux dire… Ce n'est pas que j'ai quelque chose à cacher, mais c'est probablement bien qu'elle n'en ait pas parlé, au fond. Je… »

Elle s'agita, visiblement exaspérée par sa propre incapacité à exprimer sa pensée de manière claire et succinte. Il lui adressa un sourire apaisant, l'invitant silencieusement à respirer à fond et à prendre les choses comme elles venaient, doucement de préférence.

« En fait, ça montre qu'elle est digne de confiance, reprit Matilda. Elle n'est pas allée te répéter… tout ce que je lui ai raconté. Je m'attendais un peu à ce qu'elle le fasse, ça ne m'aurait pas tellement choquée, même si ç'aurait été gênant. Ça m'a juste surprise, sur le moment, qu'elle ait gardé ça pour elle.

— Ce n'est pas son genre de répéter ce qu'on lui confie… sauf si tu le lui avais demandé, bien entendu.

— Non, je ne lui aurais pas demandé d'en parler à qui que ce soit. »

Matilda eut un petit rire nerveux, aigu.

« Mais elle aurait pu, au moins une partie. Je ne suis pas la seule concernée… Enfin, laisse tomber. Elle n'a rien dit, et puis c'est tout. »

La jeune fille secoua la tête d'un air résolu, et sombra de nouveau dans le mutisme. Jean-Claude ne chercha pas à pousser le sujet, bien qu'il fût intrigué par les allusions un peu confuses de sa nièce. Pendant un moment, ils continuèrent ainsi leur chemin, sans mot dire. Ils étaient presque arrivés lorsque Matilda tourna de nouveau la tête vers son oncle, se mordant légèrement la lèvre.

« Merci, dit-elle.

— De quoi ? »

Elle haussa les épaules.

« Vous êtes tous très… Enfin, vous faites attention à moi. Ce n'est pas vraiment… nécessaire, mais ça me touche.

— C'est normal », répondit-il tranquillement.

Elle hocha la tête, l'air peu convaincue.

Elle semblait plus tendue, au fur et à mesure qu'ils se rapprochaient du hangar. Tout cela était donc bel et bien lié à Paul ; elle l'avait peut-être croisé en allant se promener comme elle avait l'habitude de le faire le soir. Ils pouvaient très bien s'être disputés pour une raison quelconque. Mais l'adolescente ne semblait pas énervée et provocante comme elle l'avait été précédemment — plutôt blessée et nerveuse, en réalité.

Il se demanda d'un seul coup si elle ne pouvait pas s'être entichée du jeune marin. Il était bien plus vieux qu'elle, mais les jeunes filles presque adultes ne s'arrêtaient souvent pas à un tel détail. Et malgré la différence flagrante entre leurs caractères, un coup de cœur mal vécu représentait une raison valable pour le comportement étrange dont elle avait fait preuve, passant de l'hostilité ouverte à une gaieté quelque peu envahissante. Oui, cette hypothèse semblait décidément la plus probable. Et évidemment, Paul n'était pas intéressé. Ce n'était pas le genre d'homme susceptible de courir après les jeunes filles en fleur. Il avait été clair lorsqu'ils avaient brièvement évoqué Matilda : il la jugeait plutôt immature. Jean-Claude espéra seulement que son ami avait fait preuve de tact. Bien que d'une profonde humanité, il avait tendance à se montrer quelque peu abrupt.

Paul ne les attendait pas dehors. Il se trouvait à l'intérieur du hangar, tout au fond, près du vieux bateau, avec des pots de peinture, des rouleaux et un visage assez tendu.

« Bonjour, lui lança chaleureusement Jean-Claude en s'avançant, espérant briser la glace.

— Bonjour, répliqua Paul. Merci encore pour votre aide, à tous.

— Mais ça nous fait plaisir », répondit tranquillement Amélie.

D'un geste maladroit, le marin désigna le matériel amassé devant lui et commença à les répartir le long du bateau, comme la veille. Il devenait de plus en plus évident qu'il était très mal à l'aise : il ne croisait le regard de personne, et ses mouvements étaient brusques, un peu saccadés. Jean-Claude était perplexe. Il savait que Paul ne savait pas très bien gérer tout ce qui touchait aux sentiments, mais une telle réaction, simplement parce qu'il avait dû repousser les avances d'une adolescente, semblait un peu disproportionnée. Il coula un regard en direction de Matilda : la jeune fille semblait s'être reprise et se tenait près de sa cousine, un peu pâle peut-être, mais impassible.

L'ambiance autour du bateau fut, au début, assez pesante, mais fort heureusement, Amélie prit rapidement les choses en main. Elle engagea la conversation, avec naturel et gaieté, et Laura enchaîna derrière. Jean-Claude se joignit à elles, et au bout d'un court moment, ils s'étaient tous au moins un peu détendus et riaient tout en travaillant. Matilda, taquinée par sa tante sur son rythme de croisière, souriait malgré ses protestations, et Paul se vit forcé de faire à Laura un compte rendu des bateaux sur lesquels il avait déjà eu l'occasion de naviguer. Il semblait partagé entre nervosité et soulagement, et jetait fréquemment de brefs regards autour de lui, comme pour s'assurer que la tension s'était bel et bien apaisée.

Jean-Claude souriait en écoutant la voix joyeuse de sa femme ; il avait honnêtement du mal à détacher les yeux d'elle. Il ne pouvait qu'admirer cette faculté qu'avait Amélie de détendre l'atmosphère et de permettre à ceux qui l'entouraient de se sentir mieux, juste par son naturel, sa gentillesse et son énergie. Avec Laura comme Matilda, elle savait parfaitement comment s'y prendre — sa fibre maternelle s'éveillait si vite, et elle était très réceptive aux émotions des deux adolescentes. Quant à Paul, elle avait conquis cette âme sauvage avec une facilité déconcertante, et il semblait à présent lui manger dans la main. Elle captivait son attention ; il semblait ressentir son tempérament solaire comme une saine antithèse à sa propre réserve, la condition nécessaire à un équilibre. Il était pourtant concentré sur son travail, la tête baissée, mais son regard se relevait automatiquement à intervalles réguliers, un réflexe aussi naturel que le fait de cligner des yeux. À chaque fois, il se détournait de nouveau précipitamment… et Matilda, de l'autre côté, se crispait un peu.

« Je ne suis pas la seule concernée », avait-elle dit. Un trouble s'insinua dans les pensées de Jean-Claude, vint modifier son état d'esprit. Il percevait quelque chose, quelque chose qui lui avait échappé jusqu'à présent, et s'imposait maintenant comme une évidence, un peu plus à chaque minute. Il voyait l'embarras de son ami, ses fréquents coups d'œil, qui n'étaient pas dirigés vers Matilda, mais vers la femme qui se tenait à côté d'elle, rieuse et occupée à mettre tout le monde à l'aise. Il voyait ses lèvres serrées, ses épaules tendues, et pourtant cette fascination qui venait éclairer brièvement son visage. Il lui était impossible de dissimuler ces réactions. Jean-Claude, complètement déstabilisé, fixa Amélie du regard : elle ne semblait se douter de rien. Et pourtant, Matilda, qui était clairement consciente de la situation, avait laissé entendre qu'elle en avait discuté avec sa tante.

Il posa de nouveau les yeux sur le rouleau à peinture qu'il était en train de manier machinalement ; ses mains tremblaient un peu. Il n'aurait pas dû être aussi choqué, aussi stupéfait. Après tout, Amélie était attirante, délicieuse dans sa façon d'être — il était naturel de tomber sous son charme. Et Paul n'avait jamais fait preuve d'une attitude déplacée : il avait été aimable envers elle, manifesté une complicité inhabituellement rapide et marquée pour lui, mais cela s'était arrêté là. Il avait même encouragé Jean-Claude, lors de leur discussion sur la plage, à se battre pour sauver son mariage — il avait paru vaguement réticent lorsque Amélie s'était jointe à leur petit groupe pour repeindre le bateau… De multiples attitudes lui revenaient à présent en mémoire, qu'il avait trouvées un peu étranges sur le moment, mais avait ensuite vite oubliées. Tout concordait. Oui, le jeune homme était tombé sous le charme de l'épouse de son ami, et il s'était efforcé de garder ses distances, dans une certaine mesure, sans pour autant tout à fait résister au plaisir de discuter, de rire avec elle… ou de l'observer à la dérobée, de loin.

La situation était singulièrement perturbante. Jean-Claude aurait dû en vouloir à Paul, mais il sentait que ce dernier n'avait jamais voulu se montrer déloyal — qu'il le respectait, ainsi que sa femme et son couple. Ils avaient été amenés à passer beaucoup de temps tous ensemble suite à un enchaînement de circonstances, et les émois d'une adolescente étaient venus compliquer encore plus l'histoire. Si Matilda ne s'était pas retrouvée au milieu, Amélie ou Jean-Claude auraient-ils fini par remarquer quelque chose ? Il en doutait. Il y avait de l'angoisse dans l'attitude de Paul aujourd'hui, au-delà de l'attirance en elle-même. Il savait certainement que la jeune fille avait dit ou compris quelque chose, et en craignait les conséquences : c'était cela qui avait causé l'agitation qui l'avait trahi. S'il en avait été autrement, il serait resté aussi discret et silencieux qu'à l'accoutumée, Jean-Claude en était persuadé. Ils n'auraient jamais soupçonné quoi que ce soit.

De nouveau, il leva la tête vers Amélie. Cette dernière semblait toujours aussi naturelle et gaie, mais il lui apparut soudain qu'elle ne s'était que très peu adressée directement à Paul depuis leur arrivée — une seule fois, en fait, pour le rassurer en lui affirmant que le fait de l'aider ne les dérangeait pas. Par la suite, elle s'était montrée aimable mais n'était pas venue vers lui pour engager une conversation, comme il lui était arrivé de le faire les jours précédents. Jean-Claude se douta qu'elle partageait son opinion : Paul avait toujours été correct, envers lui comme envers elle, et il ne méritait pas qu'elle l'évite ou lui fasse le moindre reproche. Cependant, si elle avait compris qu'il avait des sentiments pour elle, une prise de distance était dans un premier temps bien naturelle.

Ses yeux s'attardèrent sur sa femme. Au fond, il n'était pas difficile d'imaginer que Paul puisse être attiré par elle — que quiconque le puisse. Elle était lumineuse, dégageait une générosité, une douceur sans égales. Elle était belle, tout simplement, pleine de charme et de grâce. Il le savait, mais en était frappé, par instants, avec une intensité toute particulière. Ces temps derniers, il semblait le redécouvrir à chaque regard. D'autres, bien sûr, l'avaient immédiatement remarqué. Paul était un solitaire, un peu perdu parmi ses semblables, mais Amélie était venue vers lui et l'avait mis à l'aise sans même se rendre compte du cadeau qu'elle lui faisait ainsi. Il y avait des années de cela, Jean-Claude, lui aussi, s'était vu offrir son affection alors qu'il s'attendait à ce qu'elle ne le voie même pas — une affection devenue un amour durable et fort, qui les liait encore aujourd'hui, malgré toutes les épreuves. Lui aussi l'avait considérée comme un miracle. Sans doute Paul avait-il espéré pouvoir apprécier sa compagnie, sa vitalité, sans pour autant lui laisser voir la nature et la profondeur de son attachement envers elle. La vie en avait décidé autrement. Les secrets n'étaient jamais tout à fait protégés.

Au prix d'un effort manifeste, Paul cessa de regarder dans la direction d'Amélie, gardant à présent les yeux rivés sur la coque de son bateau et demeurant à l'écart de la conversation, inaccessible. Jean-Claude se demanda s'il devrait aller lui parler. Le jeune homme devait se demander avec anxiété si lui-même et Amélie étaient réellement au courant ; le fait de mettre fin à cette incertitude serait sans doute bénéfique pour tout le monde. En même temps, une conversation entre les deux hommes à ce sujet serait forcément terriblement gênante. Jean-Claude se remémora soudain le détail de leur discussion précédente, sur la plage, la manière dont il s'était épanché, évoquant sa femme avec une telle passion. Paul avait dû se sentir affreusement mal, à cet instant, comme un traître, alors qu'il n'avait, encore une fois, concrètement rien fait. Il aurait besoin de l'entendre, de savoir que son ami ne lui en voulait pas, pas réellement. Quelle que soit l'attitude de ce dernier, l'issue resterait douloureuse. À quoi bon se murer dans le silence ?

Il réalisa d'un seul coup qu'il n'avait pas un seul instant considéré Paul comme une menace. C'était pourtant un homme plus jeune, aux qualités certaines malgré sa tendance au repli sur soi, et il était évident qu'Amélie et lui s'entendaient très bien. Elle aurait pu être flattée, charmée — savourer son attention, et même la lui rendre. Ç'aurait été plus que probable, si elle ne s'était pas récemment rapprochée de Jean-Claude, si son mari avait continué de la décevoir, si elle s'était sentie seule et en manque de tendresse. Une autre femme aurait sans doute été troublée. Il avait de la chance, une chance extraordinaire, parce qu'il avait épousé Amélie et qu'elle l'aimait suffisamment pour l'attendre, parce qu'ils se retrouvaient peu à peu, et qu'elle n'abandonnerait pas. Il aurait pu si facilement la perdre, par distraction ou par excès de pudeur, de peur, de silence. Cette prise de conscience lui donna le vertige.

Il regarda sa femme rire et taquiner ses nièces, et tenta de se l'imaginer dans une autre vie, au bras d'un autre homme. Cela n'avait pas de sens, il le savait, c'était stupide et futile. Une part de lui, évidemment, lui soufflait qu'elle aurait très bien pu être heureuse sans lui, qu'elle se trouverait toujours entourée d'êtres qui lui étaient chers, car elle n'était qu'amour, l'attirait comme un aimant et l'irradiait comme un soleil. Mais il percevait une autre petite voix qui lui reprochait son défaitisme, lui murmurait qu'il avait tort de croire qu'il avait plus besoin d'Amélie qu'elle de lui. C'était lui son époux, lui qu'elle désirait garder auprès d'elle et avec qui elle avait choisi de partager sa vie. Ils étaient à égalité. Ils avançaient ensemble, vaille que vaille, et rien ne pourrait les séparer. C'était la voix qui connaissait sa femme qu'il entendait là, la lucidité qui chassait le doute, et il laissa cette conviction l'emplir comme une douce chaleur.

Ce fut avec un esprit un peu plus apaisé que Jean-Claude continua à repeindre la partie de la coque qui lui avait été attribuée, se laissant bercer par les voix d'Amélie et de ses nièces, sans réellement chercher à contribuer à leur conversation. Il remarqua que Matilda semblait retrouver un peu d'entrain sous l'influence des deux autres, ce qui lui fit plaisir. Durant la brève pause du déjeuner, elle se fit copieusement photographier par Laura, sandwich à la main et tee-shirt éclaboussé de taches indigo, ce qui causa force exclamations indignées. Paul s'était faufilé dehors, marmonnant qu'il devait aller voir où était allé se fourrer son chien, et le nourrir. Il continuait, dans la mesure du possible, à éviter tout dialogue. Jean-Claude comprenait cette stratégie, mais ne savait pas trop où elle les mènerait. Matilda, en tout cas, en paraissait plutôt soulagée.

Vers la fin de leur repas, Amélie se leva et vint effleurer le bras de son époux.

« Ça va ? murmura-t-il.

— Très bien, répondit-elle. Mais je crois qu'il va

falloir que j'aille parler à Paul.

— Oui, je suis assez d'accord », dit-il d'un ton uni.

Elle le regarda dans les yeux, et il lui sourit. D'un geste lent, il passa ses doigts sur la joue de sa femme.

« Ce sera sans doute mieux si tu t'en charges, poursuivit-il. Je te fais confiance. »

Elle acquiesça ; à présent, elle avait compris qu'il avait compris. Elle s'esquiva, et Jean-Claude respira profondément, s'accrochant au sentiment de calme qu'il avait ressenti jusque-là, cette foi en Amélie et lui, en leur lien indéfectible.

Il reporta son attention sur ses nièces. Matilda croisa son regard, l'air un peu incertain ; il la rassura d'un sourire. Bien qu'il ne sût pas exactement ce qui s'était passé la veille entre Paul et la jeune fille, il était évident qu'elle avait été secouée, à la fois de se voir rejetée, mais aussi, probablement, de percevoir l'attirance du marin pour sa tante. Elle avait, en tout cas, l'air plus vulnérable qu'il ne l'avait jamais vue, et semblait se tourner instinctivement vers sa famille pour y chercher du réconfort. Peut-être, finalement, cet incident lui serait-il bénéfique. Il doutait qu'elle ait pu beaucoup se reposer sur ses parents pour gérer sa vie sentimentale — elle ressemblait à son père, qui avait tendance à faire abstraction des souffrances et des problèmes, à aller toujours de l'avant, presque avec brutalité. Quant à sa mère… Jean-Claude ne la connaissait pas assez pour la juger, mais elle lui avait toujours paru assez superficielle. Il n'avait par conséquent pas été étonné de trouver en Matilda une adolescente attachante mais capricieuse, plutôt égocentrique et en demande perpétuelle d'attention et de distractions. Cependant, sa sensibilité se révélait au fur et à mesure qu'il la découvrait, de manière désordonnée et maladroite, mais vraie. Depuis le début de leur séjour, une véritable affection s'était construite entre eux tous ; il espérait conserver ce lien à l'avenir. Ses nièces, les filles uniques de ses deux frères, lui étaient précieuses.

Évidemment, il avait, au départ, plus d'affinités avec Laura. Laura la paisible, la silencieuse, qui ne se faisait remarquer que pour prendre les autres en photo. Et ils avaient aussi en commun cette vieille mais vivace douleur, le souvenir d'un être cher disparu, qui les liait d'une sorte de complicité, comme s'ils se reconnaissaient l'un en l'autre — l'homme mûr taciturne et la jeune fille encore écorchée. Ils avaient des choses à se dire, du temps et des souvenirs à rattraper, comme un rendez-vous qu'on ne se rappelle que quand le moment est enfin venu de s'y rendre. Ils avaient rendez-vous avec leur mémoire, et Jean-Claude décida qu'il était grand temps de répondre à cet appel.

Lorsque sa femme revint, tranquille, bientôt suivie d'un Paul au visage impassible et aux mains tremblantes, il lui fit signe de s'approcher.

« Tout va bien ? demanda-t-il.

— Oui. On pourra en reparler plus tard, répondit-elle

simplement.

— Je compte profiter de la soirée pour montrer à Laura quelques vieilles photos… de son père, son autre oncle et moi. »

Elle comprit immédiatement, et lui effleura l'épaule. À son contact réconfortant, il fut parcouru d'un léger frisson.

« Merci d'être là », lui dit-il.

Elle eut un petit rire surpris.

« Tu n'as pas à me remercier.

— Si, j'en ai besoin, répliqua-t-il. J'ai beaucoup de chance de t'avoir, Amélie. Je le sais. »

Il l'embrassa légèrement, tendrement, sur les lèvres. Elle rayonnait lorsqu'il s'écarta.

« Nous avons tous les deux de la chance, dit-elle doucement. Nous nous sommes trouvés… et nous nous sommes gardés. »

Il acquiesça, un peu submergé par l'émotion, d'un seul coup. Elle se haussa sur la pointe des pieds pour lui donner à son tour un baiser furtif, avant d'aller tranquillement récupérer son rouleau à peinture. Après une poignée de secondes, il se souvint qu'il avait, lui aussi, sa part de travail à accomplir, qu'il existait un monde en dehors de sa femme. Distraitement, il se remit à la tâche.

L'après-midi sembla filer à une allure surprenante.

Un peu plus tôt que la veille, Paul leur assura qu'ils avaient très bien avancé et qu'il ne leur faudrait plus qu'un jour ou deux, tout au plus, pour que tout soit terminé. Il s'esquiva après les avoir remerciés une fois encore pour leur assistance, et ils prirent congé sans trop tarder. Sur le chemin du retour, Amélie partit en avant en entraînant Matilda, et Jean-Claude se retrouva avec Laura, qui lui adressa un petit sourire joyeux, les yeux brillants. Son regard passa rapidement de lui à sa tante et vice-versa : il comprit qu'elle se réjouissait de les voir de plus en plus proches. Il ne fut pas vraiment surpris qu'elle ait aussi remarqué cela. Il commençait à considérer comme acquis que rien ou presque n'échappait à l'attention de Laura.

« J'ai retrouvé quelques photos de mes deux frères, lui dit-il. Le père de Matilda, et le tien. Tu voudras les voir ? »

Les yeux de Laura s'écarquillèrent légèrement, et elle acquiesça vivement.

« J'aimerais beaucoup », répondit-elle à voix basse.

Il eut un hochement de tête. Côte à côte, ils poursuivirent leur chemin en silence, perdus chacun dans leurs pensées.

Jean-Claude attendit le début de la soirée dans une sorte de rêverie, entendant les conversations des autres comme de très loin, sans y prendre part. Après le repas, il croisa le regard encourageant de sa femme, prit une profonde inspiration, et adressa un petit signe à Laura, qui se trouvait sur le canapé à parler avec Matilda. Cette dernière ne parut pas surprise de voir sa cousine se lever d'un seul coup. Laura emboîta le pas à son oncle, qui sortit sans mot dire de la pièce. Ils montèrent en silence l'escalier, jusqu'au deuxième étage, où se trouvait le grenier. Jean-Claude n'avait pas déplacé les albums photo, ayant le sentiment qu'ils appartenaient à cette pièce reculée, de poussière et de souvenirs. Il alluma les lampes démodées, s'installa sur le vieux canapé prune. Sa nièce vint se percher à ses côtés tandis qu'il feuilletait les albums.

« Maman n'a jamais eu beaucoup de photos de jeunesse à me montrer, dit-elle. Je n'en ai pas non plus demandé à grand-mère. J'aurais pu, mais elle aussi, ça lui aurait fait mal de s'y replonger.

— C'est un vide immense », murmura-t-il.

Il lui montra quelques clichés, et elle effleura les visages du bout de ses longs doigts. Dans un chuchotement un peu rauque, il lui raconta les anecdotes correspondant à ces moments, plaçant des mots sur des fragments de mémoire qu'il n'avait plus évoqués, même pour lui-même, depuis des années. Il lui semblait que son frère était sur le point de surgir devant eux, avec son sourire conquérant, ses manies agaçantes, son côté un peu trop impérieux. Cette proximité lui procurait une sensation étrange, suspendue à mi-chemin entre bonheur et douleur. *Bienvenue parmi nous*, souffla une voix en lui. *Tu nous as manqué.* Pourtant, le souvenir de Michel ne les avait jamais vraiment quittés.

« Il avait mon âge, ici, dit Laura à voix basse.

— Oui, tu as raison.

— Est-ce que tu crois que je lui ressemble ? Je sais qu'il était très vif, plein d'énergie, qu'il attirait tous les regards. Son caractère n'avait rien à voir avec le mien. Mais il pouvait aussi sembler tellement serein, tellement rassurant. Quand j'étais petite et que je faisais des cauchemars, c'était lui qui venait chasser les monstres de ma tête. Il avait… une grande douceur. Est-ce que par moments, je te fais penser à lui, comme tu m'as fait penser à lui sur mes photos ? »

Il hésita, scrutant le visage fin au regard intense de sa nièce. Elle paraissait tellement fragile, diaphane, sérieuse. Elle n'avait pas l'optimisme de son père, ni son charme immédiat, irrésistible. Elle était délicate, retirée en elle-même, sans pour autant être fermée à l'autre. Mais quand elle avait demandé à Jean-Claude de lui parler de son père, il avait lu dans ses yeux une volonté ferme, le désir farouche d'obtenir des réponses. Elle avait de la force, une force différente, plus intérieure. Sa générosité naturelle rappelait aussi Michel, qui avait toujours été attentif aux autres, malgré sa tendance à occuper le devant de la scène.

« Ce n'est pas une ressemblance évidente… Mais oui, tu tiens de lui pour certaines choses, dit-il lentement. Lui aussi était pudique dans ses émotions, même s'il paraissait tellement extraverti. Ses proches comptaient plus que tout pour lui. Il était à l'écoute, comme tu l'es. »

Laura eut un petit sourire tremblant, et baissa les yeux, une mèche de cheveux venant voiler son visage. Jean-Claude détourna le regard, respectant son moment d'émotion.

« Il avait l'air tellement sûr de lui, aussi, dit la jeune fille au bout d'un moment, après s'être un peu éclairci la gorge. Comme s'il savait que quoi qu'il advienne, il serait toujours maître de son destin. Ma mère est une grande angoissée, mais lui, il semblait penser que rien ne pourrait jamais lui arriver — nous arriver.

— Oui, il a toujours été comme ça. Quand il lui a fallu choisir son avenir, même s'il ne savait pas réellement ce qu'il avait envie de faire, il ne s'est pas inquiété outre mesure. Il s'est contenté de travailler dur, en se disant qu'il finirait par arriver où il voulait dans la vie. Il ne s'imaginait même pas qu'il puisse en être autrement.

— Et il est arrivé où il voulait ? » murmura Laura.

Jean-Claude eut une brève hésitation.

« Il avait un bon boulot. Il y avait ta mère et toi… Des hauts et des bas, bien sûr, mais il s'en est toujours assez bien sorti. C'était quelqu'un qui avait de la chance, du culot, et une ferme volonté de bien mener sa vie. Des qualités essentielles.

— Il semblait tellement fort. Bien sûr, il n'avait peut-être pas le choix. C'était quelqu'un de fort au départ, et ma mère pas tellement. Il ne pouvait pas nous laisser tomber. J'ai cette image ancrée en moi d'une grande silhouette inébranlable, mais je sens une faille aussi. Quelque chose que j'étais trop jeune pour définir à l'époque, dont je n'avais que vaguement conscience. Quand on est volontaire et qu'on croit en son avenir, qu'on porte sa famille à bout de bras, est-ce qu'on a droit à l'erreur ? Est-ce qu'il était satisfait de sa vie ?

— Je me le demande, murmura-t-il. Je me le demande, Laura. »

Elle prit une profonde inspiration.

« Je n'attends pas de toi que tu m'apportes des réponses toutes prêtes, ne t'inquiète pas. Je pense seulement que… tu es sûrement la personne la plus susceptible d'avoir perçu des choses, de l'avoir compris. Je sais que vous étiez proches, et je suis sûre qu'il avait confiance en toi. Assez pour se confier, je l'ignore, mais… j'ai besoin de t'entendre me parler de lui. Depuis trop longtemps, j'ai cette intuition qui me souffle qu'il n'était pas aussi heureux qu'on le pense, qu'il nous protégeait d'une part de lui — et j'en sais trop ou pas assez. J'ai besoin d'avancer.

— Je comprends ça, dit-il d'une voix basse, éraillée. Moi aussi, je me suis posé beaucoup de questions pendant très longtemps. Je m'en suis voulu de… ne pas vraiment savoir ce qu'il en était. Je pense que j'aurais dû être plus présent pour lui.

— Il est parti avant qu'on ait eu le temps de

comprendre », murmura-t-elle.

Il hocha la tête. Elle touchait au point le plus juste, et le plus douloureux — ce doute impossible à apaiser, ce sentiment de n'avoir pas été à la hauteur au moment opportun. Et Laura était, à l'époque, à peine sortie de l'enfance. Lui portait une bien plus lourde responsabilité.

« Tout le monde a des hauts et des bas. C'est comme ça que ça se passe, dans la vie. C'est normal, surmontable. Ton père n'était qu'un être humain… Je me suis efforcé d'être là pour lui, sans chercher à voir plus loin.

— Il allait mal ?

— Il était fatigué. Il avait tellement d'énergie que cela lui donnait toujours tendance à avoir les yeux plus gros que le ventre, dans ses projets. Et puis… »

Il hésita.

« Avec ta mère, c'était parfois compliqué. Je ne suis pas en train de te dire qu'ils risquaient de se séparer, mais dans un couple, on fait l'expérience de périodes de tension. Particulièrement entre deux caractères aussi opposés. »

Laura acquiesça, le visage sombre et sérieux.

« Voilà encore quelque chose qu'on n'aurait jamais osé me dire, remarqua-t-elle. Comme s'il fallait à tout prix que je conserve de mon père, de mes parents en tant que couple, une image idyllique. Mais je n'étais pas aveugle, je sais que tout n'était pas toujours rose. C'est aussi dans leurs difficultés que je peux retrouver leur humanité. C'est tout ce qu'il me reste pour me sentir proche de lui — ça et mes souvenirs.

— Tu éclairais sa vie, dit Jean-Claude. Je crois bien que ç'a été son plus grand bonheur — être père. Ç'a également été l'un des miens. Parfois, je me dis que c'est vous qui nous donnez la vie, et non pas le contraire. Vous nous offrez ce qu'elle a de plus miraculeux. »

Elle sourit.

« Il était l'un des meilleurs pères que je puisse imaginer. Et c'est aussi ton cas. Aimants… présents… et à l'écoute.

— Je te remercie, souffla-t-il, et leurs mains s'effleurèrent sur une page de l'album qu'elle tournait.

— Parle-moi encore de votre jeunesse. »

Il ferma les yeux, et les visages sur les clichés s'animèrent sous ses paupières, éclatants de vie à nouveau. Ses deux grands frères et lui, leurs vacances insouciantes.

« On passait tous nos étés ici, dit-il à voix basse. Mon père a acheté cette maison quand je n'étais encore qu'un gamin. Nous l'adorions. On y est même souvent revenus une fois adultes et indépendants, au lieu de partir en vacances avec des amis, par exemple. C'est ici que j'ai rencontré ta tante. Et puis ensuite, on y a emmené nos enfants. Michel et moi tout particulièrement — François a vite préféré les voyages à l'étranger. Je me souviens de toi ici, haute comme trois pommes, à jouer avec tes cousins.

— Je m'en souviens aussi.

— Je ne sais pas si ces souvenirs te sont particulièrement chers, mais pour moi et mes frères, c'était le paradis. On partait en expédition, on passait des journées sur la plage. Adolescents, on y refaisait le monde. Ton père et ton autre oncle me traitaient d'idéaliste… Ils étaient énergiques, l'esprit pratique, moi j'étais plutôt du genre rêveur. Mais ton père aussi aimait bien faire des plans sur la comète. On s'inventait de grands destins.

— Qu'est-ce qu'il voulait faire ?

— Quand il était enfant, sa grande ambition, c'était de devenir astronaute. Il nous apprenait les noms des étoiles, il dévorait tous les livres qu'il pouvait trouver sur le sujet. Il était intarissable là-dessus.

— Je me rappelle ça, dit-elle d'une voix tremblante. Il m'avait offert un globe qui représentait la voûte céleste… Il me disait en plaisantant qu'il m'aurait bien appelée Lyra plutôt que Laura, par rapport à la constellation, mais que ma mère n'avait pas voulu parce qu'elle était trop terre à terre. Ce nom lui évoquait la musique, le ciel, la liberté. Me le donner, c'était un peu comme me rendre exceptionnelle d'avance.

— Tu es exceptionnelle en t'appelant Laura, fit-il

remarquer avec un sourire.

— Oui, en fait, on m'aurait plutôt demandé si mes parents étaient fans de Philip Pullman ! »

Ils rirent ensemble, savourant ce moment de complicité, la tendresse de ces souvenirs. Laura se pelotonna plus confortablement sur le canapé et tourna une nouvelle page. Ils échangèrent un regard ; les yeux de la jeune fille brillaient, de larmes mais aussi d'une sorte de joie profonde.

Son oncle s'éclaircit la gorge, et reprit le fil de ses réminiscences. Sa voix était toujours serrée par l'émotion, mais ses mains moins crispées, son rythme cardiaque apaisé. Pour le moment, il laissa derrière lui ses doutes, ses craintes, pour se replonger dans tout ce qu'il avait jamais partagé avec son frère disparu.

XII.

La première chose dont Amélie eut conscience en se réveillant, ce fut les doigts de son mari, entrelacés avec les siens.

Elle s'était endormie en lui tenant la main, la tête légèrement appuyée sur son épaule. Son esprit sortant doucement de sa bienheureuse léthargie, elle resta ainsi couchée contre lui, sans bouger, à écouter la respiration régulière de Jean-Claude dans son sommeil. Elle voulait profiter à fond de ce simple moment de tranquillité. La proximité, la tendresse qui renaissaient entre eux la comblaient de joie.

Lorsqu'il l'avait rejointe au lit la veille au soir, il avait été fatigué, à fleur de peau, suite à sa conversation avec Laura qui l'avait naturellement bouleversé. Elle s'y était attendue, et était prête à se montrer présente, sans pour autant tenter de le pousser à parler. Il l'avait pourtant fait spontanément : en fermant les yeux, elle entendait encore sa voix basse, un peu tremblante par instants. Il avait évoqué de vieux souvenirs, des ressemblances oubliées, et elle l'avait écouté en serrant sa main dans la sienne, comprenant qu'il avait besoin de partager avec elle ce moment à la fois difficile et tellement fort. Elle en avait été touchée plus qu'elle n'aurait su l'exprimer.

À présent, elle observait son visage endormi, les rides

que les années et l'inquiétude avaient creusées sur son front, la douceur de ses traits. Elle revoyait le jeune homme un peu emprunté qu'elle avait rencontré sur une plage tout près d'ici, des années auparavant. Il avait été effacé dans l'ombre de ses frères si dynamiques, et persuadé qu'elle ne pouvait absolument pas s'intéresser à lui — et pourtant, elle avait perçu sous sa réserve une chaleur enveloppante, faite d'attention et de générosité. Il l'avait charmée par sa simplicité, sa maladresse, mais aussi son apparente sérénité et une force dont il n'était apparemment pas conscient. Ces mêmes qualités l'émouvaient aujourd'hui toujours autant — ainsi qu'une sagesse lentement amassée, et leurs souvenirs ensemble, une vie partagée, à s'aimer et à se soutenir. Le retrouver, lui parler à cœur ouvert, le toucher avec naturel, tout cela lui faisait un bien fou. Mais elle était plus comblée encore de lire son bonheur, son soulagement dans ses yeux lorsqu'ils se rapprochaient ainsi. Si Jean-Claude avait souvent du mal à mettre des mots sur son amour pour elle, certains de ses regards la transperçaient jusqu'au fond de l'âme : il la fixait comme on contemple un miracle, ou quelque chose d'infiniment précieux. Dans son regard, elle était parfois une fleur rare, et parfois plus femme que jamais.

Elle sentait, chaque jour un peu plus, leur lien se renforcer, ou plutôt se raffermir — se réaffirmer comme puissant et indéfectible. Et elle repensa soudain à Paul, à sa solitude. Le jeune homme était assez sensible pour percevoir ce regain d'entente entre Jean-Claude et elle, cette joie exprimée dans chacune de leurs attitudes — et il devait s'en trouver dans une situation assez délicate, pour ne pas dire douloureuse.

La veille, après l'avoir vu toute la matinée sur des charbons ardents, elle avait pensé qu'il leur serait nécessaire d'avoir une petite discussion afin de se débarrasser de cette tension qui empoisonnait l'atmosphère. Il se doutait visiblement que Matilda avait partagé ses suspicions, et devait se sentir mis en accusation — pour un sentiment dont il n'était, en définitive, pas responsable. Amélie l'avait suivi sur la plage, où il s'était esquivé, dans le but de lui faire savoir que personne ne lui en voulait, qu'ils devraient tourner la page et repartir sur de bonnes bases. Elle s'était attendue à ce qu'il soit soulagé d'entendre cela ; son mutisme, l'éclat farouche, blessé, de ses yeux l'avaient prise au dépourvu. Sa tentative d'apaisement ne semblait que lui rappeler que son secret avait été percé à jour, et il était incapable de la regarder en face. Elle avait essayé de le rassurer, puis avait fini par abandonner, le laissant, à regret, seul avec son chien, face à la mer.

Amélie s'inquiétait pour lui ; à aimer des femmes inaccessibles, il risquait de se refermer encore plus sur lui-même. Elle ne pouvait qu'espérer qu'il finirait par rencontrer celle qui le dépouillerait de sa carapace. En attendant, elle savait qu'ils seraient de nouveau amenés à se retrouver face à face, et elle se demandait à quoi s'attendre. Elle avait même brièvement envisagé de trouver une excuse pour ne plus participer à la peinture du bateau, mais elle sentait que l'atmosphère n'en aurait été que plus pesante pour les autres. La meilleure attitude était sans doute de continuer comme si de rien n'était, de rester naturelle. Heureusement, Jean-Claude savait que ni Paul ni elle n'auraient jamais trahi sa confiance. S'il avait dû se sentir menacé ou blessé par cette situation déjà complexe, la position d'Amélie s'en serait trouvée radicalement modifiée. Quoi qu'il arrive, elle ferait toujours passer les sentiments de son mari en premier.

Justement, Jean-Claude ouvrit les yeux, interrompant ses réflexions. Après s'être étiré un peu, il pencha la tête et déposa un baiser sur ses cheveux.

« Bonjour, murmura-t-il d'une voix encore ensommeillée.

— Bonjour », répondit-elle, levant la tête pour lui sourire.

Elle sentit le bras de son mari autour de ses hanches, et il l'attira un peu plus vers lui pour l'embrasser sur les lèvres. Elle savoura ce moment, une vague de chaleur montant de son ventre jusqu'à son visage. Ils s'écartèrent et se regardèrent, leurs fronts se touchant presque. Elle sentait les battements de son cœur, tout près du sien. Un frisson la parcourut.

« On devrait se lever, dit-il à voix basse.

— Oui… »

Elle n'en avait pas réellement envie, évidemment, mais sa réticence venait d'une bienheureuse paresse ; elle songea, avec délectation, qu'ils auraient bien d'autres instants privilégiés à partager. Elle se demanda quand le poids avait quitté ses épaules, quand la peur de le perdre s'était apaisée, remplacée par la confiance. La distance s'était comblée, peu à peu. Cela n'avait pas été facile, et pourtant… Ses angoisses lui semblaient à présent bien lointaines. Quelles que soient les épreuves, ils sauraient les surmonter, ensemble.

Elle s'assit dans le lit, sentant son regard sur elle, comme une caresse contre sa peau dénudée. Ils se sourirent, sans raison particulière. Amélie se leva lentement, alla tirer les rideaux et laissa le soleil baigner son visage.

Elle sentit tout de suite, lorsqu'ils se retrouvèrent réunis pour le petit déjeuner, quelque chose de spécial. Il y avait une harmonie dans l'air, entre eux tous, pas seulement Jean-Claude et elle. Elle perçut très vite, entre son mari et Laura, une complicité plus profonde qu'auparavant, une émotion quand ils se regardaient. Elle trouva la jeune fille étrangement grandie, et ne comprit pas tout de suite d'où lui venait cette impression. En réalité, les yeux de Laura exprimaient plus d'énergie, une vivacité accrue. C'était les yeux d'une personne avide de vivre, tournée vers l'avenir : Amélie se sentit bouleversée en le réalisant.

Matilda, elle, semblait toujours assez maussade ; elle était cependant consciente des évolutions en cours autour d'elle, car Amélie la surprit à plusieurs reprises à observer sa cousine ou son oncle à la dérobée. Une ou deux fois, elle sentit également son regard sur sa propre nuque. Elle fit mine de ne rien remarquer, laissant l'adolescente se faire sa propre opinion.

Il devint rapidement évident que Matilda était préoccupée par quelque chose, et qu'il faudrait bien, à un moment ou à un autre, qu'elle parvienne à l'exprimer. L'occasion vint lorsqu'ils se mirent tous en route vers le hangar et une nouvelle journée chez Paul. Les propres appréhensions d'Amélie s'étaient estompées, ou du moins elle parvenait à en faire abstraction, focalisée sur ses proches. Elle espérait que sa nièce pourrait, elle aussi, tirer soutien et réconfort de ceux qui l'entouraient. Mine de rien, elle se rapprocha de Matilda et attendit de voir si cette dernière avait envie de lui confier ce qu'elle avait sur le cœur. Le silence fut relativement court.

« On dirait, euh… que ça va bien, entre oncle Jean-Claude et toi, déclara la jeune fille d'un ton mal à l'aise.

— En effet, ma chérie, merci, répondit-elle tranquillement.

— J'ai compris que tu ne lui avais pas parlé de… de notre conversation. »

Elle marqua une pause.

« Il m'a semblé qu'au moins une grande partie en était personnelle, même si nous n'avons pas parlé que de toi, répliqua Amélie. Je ne suis pas du genre à répéter ce qu'on me confie, tu sais. Tu n'as pas à t'inquiéter.

— Oui, j'ai… apprécié. Mais une assez grande partie le concernait aussi, lui… »

Matilda hésita encore.

« Tu ne penses pas que je t'ai menti, rassure-moi ! » finit-elle par dire, d'un ton un peu provocant.

Amélie cligna des yeux.

« Non, ça ne m'était pas venu à l'idée.

— Ah bon, marmonna la jeune fille, l'air soudain très gêné. Je veux dire… Tu aurais pu le croire. J'y ai repensé, et je me suis dit que tu t'imaginais peut-être que j'avais tout inventé pour attirer des ennuis à Paul. Une vengeance de gosse trop gâtée, en somme. Mais ce n'est pas vrai. Je voulais être sûre que tu le saches.

— Je ne pense pas que ce genre de manigance soit ton genre, dit lentement Amélie. Tu as des défauts, comme tout le monde, mais tu n'es pas une menteuse ni une manipulatrice. Et j'ai suffisamment confiance en toi pour te croire quand tu m'affirmes avoir vu ou entendu quelque chose. »

Matilda détourna le regard ; elle semblait à la fois touchée et confuse, comme si elle ne savait pas comment réagir aux déclarations de sa tante. Celle-ci lui effleura l'épaule.

« Alors ne t'inquiète pas. J'ai bien cru ce que tu me disais.

— Ça n'a pas l'air… de vous perturber plus que ça, dit la jeune fille, qui semblait toujours troublée. Cette histoire avec Paul, je veux dire. C'est vrai, vous avez tous les deux eu l'air de prendre un peu plus vos distances que d'habitude, mais on retourne quand même l'aider… Et quand tu es sortie hier après le déjeuner, tu es allée le retrouver, non ?

— Oui, j'ai pensé qu'il fallait que je lui parle pour mettre les choses au point.

— Et pourtant, oncle Jean-Claude n'a pas l'air de lui en vouloir, insista Matilda.

— Pourquoi lui en voudrait-il ? Paul ne m'a pas fait d'avances, et il n'a eu aucune attitude déplacée, ni envers moi ni envers ton oncle. Les sentiments, les attirances, ça ne se commande pas. En définitive, c'est probablement lui qui souffre le plus de la situation, d'ailleurs. »

Matilda médita ces mots, visiblement prise au dépourvu.

« Tu as raison, marmonna-t-elle au bout d'un moment, tripotant une mèche de ses cheveux. Je n'avais pas vu ça comme ça. »

Amélie sourit.

« Oui, ma chérie. Tu n'as pas décidé, toi-même, d'être attirée par lui… »

Matilda sursauta un peu, grimaçant de se voir rappeler ce détail.

« C'est vrai. Je n'avais pas du tout envie que ça se passe comme ça, dit-elle d'un ton de défi. Il n'a rien qui aurait dû me plaire.

— Vous êtes très différents, et pourtant quelque chose en lui t'a charmée. C'est là tout le mystère, murmura Amélie. Tu t'en remettras vite. Et lui aussi, je suppose… Je l'espère.

— Et ensuite on n'en parlera plus », approuva-t-elle d'un ton déterminé, comme si elle pouvait, par la simple force de sa volonté, conduire cette affirmation à se réaliser plus vite.

Elles étaient presque arrivées au hangar lorsque Matilda reprit la parole, à brûle-pourpoint :

« Alors, si oncle Jean-Claude n'a même pas eu l'air de s'inquiéter… C'est parce qu'il savait que Paul ne représentait aucune menace, comme il me l'avait dit à moi, d'ailleurs. Il n'allait rien faire, de toute façon.

— Et parce que ton oncle a confiance en moi, répondit Amélie. Et moi en lui.

— Oui, bien sûr, rétorqua la jeune fille, saisie par cette évidence. Enfin, même quand on a confiance… Il y a toujours une petite incertitude, non ? Quand on n'est pas sûr de soi… »

Amélie sourit.

« Oui, tu as raison. C'est toujours perturbant. Mais ton oncle sait qu'il est le seul homme qui compte à mes yeux. En ce moment plus que jamais, je m'efforce de le lui rappeler — et vice-versa. »

Matilda hocha la tête et lança un regard en direction de Jean-Claude.

« Je suis contente, dit-elle à voix basse. Ce ne sont pas mes affaires, mais… ça me fait plaisir que vous soyez heureux. Ça donne envie… d'y croire. »

Elle s'interrompit, avec l'air de se trouver bien trop sentimentale. Amélie passa un bras autour de ses épaules, en riant, et la serra brièvement.

« Continue à y croire. Tu es trop jeune pour être cynique », lui souffla-t-elle à l'oreille.

Matilda eut un petit rire nerveux.

Elles se glissèrent les premières dans le hangar, qui semblait plongé dans la semi-pénombre, après le soleil de l'extérieur. Paul se tenait là. Il se tourna vers elles, et Amélie vit ses traits se contracter de façon presque imperceptible.

« Bonjour, dit-il d'une voix douce.

— Bonjour, répondit-elle chaleureusement.

— Salut », marmonna Matilda, fixant le sol.

La jeune fille finit par lever la tête, échangea un bref regard avec le marin, puis se retourna avec un soulagement manifeste vers son oncle et sa cousine, qui venaient d'entrer à leur tour. Après un rapide échange de salutations, ils saisirent tous leurs rouleaux et reprirent leur tâche là où ils l'avaient laissée.

Amélie s'était préparée à engager la conversation si le silence lui paraissait pesant, mais à sa grande surprise, elle n'eut pas à se donner cette peine : d'un ton un peu bourru, Paul fit à Laura la remarque que l'air maritime semblait lui réussir.

« Tu m'as l'air bien en forme.

— Je vous remercie, répondit-elle en souriant. Mais c'est surtout la famille qui me fait cet effet, je pense. Ça me manquera en septembre, même si je suis toujours impatiente de m'installer dans ma chambre d'étudiante ! »

Elle vouvoyait Paul, remarqua Amélie, qui trouvait cela plutôt normal, alors qu'elle avait auparavant eu l'occasion de constater que Matilda le tutoyait. Le contraste n'avait pas dû échapper à cette dernière, qui piqua un fard. Cependant, Paul s'adressait à présent à elle, un peu maladroitement, pour lui demander ses propres projets pour la rentrée. Il semblait s'attendre à ce qu'elle l'envoie sur les roses.

« Le bac, le bac, le bac ! répliqua-t-elle, avec un rire nerveux.

— Bonne chance, lui dit-il d'un ton sincère. Tout ça me paraît si loin, ajouta-t-il, l'air songeur.

— Tu ne l'as pas passé au temps des dinosaures, contrairement à nous, intervint Jean-Claude.

— Parle pour toi ! » s'exclama Amélie, feignant l'indignation.

En réalité, elle était ravie de voir sa famille et Paul discuter et se taquiner avec une apparente légèreté, faisant l'effort de surmonter la gêne. Peu à peu, ils redevenaient à l'aise : Jean-Claude secouait la tête avec un petit rire, Laura rayonnait. Matilda, les joues toujours écarlates, s'efforçait malgré tout d'être aimable, et se détendait très lentement. Paul semblait déterminé à se montrer un hôte charmant, peut-être pour compenser l'ambiance de la veille.

« Il a un nom, ce bateau ? s'enquit Jean-Claude au bout d'un moment.

— Il s'appelait *Le Fidèle* quand on me l'a vendu, répliqua Paul. C'est un joli nom, mais à présent que je l'ai quasiment refait à neuf — grâce à votre aide précieuse —, j'aimerais lui en donner un qui sera bien à moi.

— Vous pensez que celui-ci ne lui conviendrait pas ? taquina Amélie.

— J'ai déjà un fidèle compagnon, répondit Paul, imperturbable.

— Oui, Alceste… Dont le nom est certes merveilleux, mais ne s'accorde guère avec son naturel !

— Vous avez raison, admit-il. Mais j'ai d'autres idées pour ce bateau… par rapport à la manière dont je le ressens. J'aimerais l'appeler *La Houleuse*. »

Elle hocha lentement la tête, considérant la symbolique.

« C'est un beau nom.

— Je l'aime beaucoup, dit gravement Laura.

— Moi aussi, intervint Matilda. Il est… significatif.

— Exactement », dit doucement Paul.

Amélie leva la main pour effleurer solennellement la coque du bateau, là où la peinture n'était plus fraîche.

« Tout le monde a donné sa bénédiction ?

— Jean-Claude ? » demanda Paul.

Jean-Claude acquiesça.

« J'aime cette image. La houle de la mer, la houle de la vie… »

Les deux hommes échangèrent un bref sourire, avant que Paul ne détourne les yeux.

« C'est décidé alors », conclut Amélie.

Elle tapota doucement la paroi de métal.

« Bonjour, *La Houleuse*, et longue vie à toi ! »

Dans son dos, elle entendit l'appareil de Laura, et eut un petit rire.

Sur le canapé, Amélie, serrée entre ses deux nièces, riait, complètement détendue au terme d'une excellente soirée. Laura, assise de biais et un peu penchée en arrière, prenait une photo de temps en temps, malgré les protestations des deux autres qui menaçaient de finir par lui confisquer l'appareil. Ils étaient rentrés tard ce jour-là, ayant pris le temps de terminer la peinture, jusqu'aux derniers détails ; Paul leur avait promis de tous les emmener pour la première sortie de *La Houleuse*, dès que la météo le permettrait.

Après cela, le dîner s'était éternisé. Amélie était la seule à n'être encore jamais montée sur un bateau, et ressentait une grande excitation à cette perspective ; elle ne cessait d'en parler. Matilda lui avait affirmé qu'il n'y avait vraiment pas de quoi en faire toute une affaire, esquivant les coups de pied que Laura lui envoyait dans les chevilles, et faisant mine d'ignorer sa cousine, qui ne manquait pas de lui rappeler à quel point elle-même s'était sentie perturbée et bouleversée la première fois qu'elle s'était retrouvée à bord. L'adolescente niait énergiquement, mais personne n'était dupe. Jean-Claude, lui, avait affirmé que ses expériences maritimes remontaient à des années, et qu'il vivrait celle-ci quasiment comme une seconde première fois, ce qui avait fait sourire son épouse. L'idée lui plaisait : elle aimait la mer, bien que l'immensité lui inspirât une certaine appréhension, et la considérait un peu comme une belle étrangère qu'on ne connaissait jamais aussi bien qu'on le pensait. Elle était mouvante, vivante, profonde — imprévisible. Semblable à la vie, en réalité.

Son mari sortit de la cuisine pour venir les rejoindre ; sa silhouette se découpa dans la lumière des lampes, avant que ses traits soient éclairés. Un frémissement parcourut le dos d'Amélie, et elle lui adressa un grand sourire, qu'il lui rendit, les yeux brillants. Elle se sentit d'un seul coup très éloignée des deux jeunes filles qui l'encadraient, accaparée par un échange personnel, intime, qui ne laissait guère de place à d'autres préoccupations. Jean-Claude eut un mouvement comme pour s'installer dans le fauteuil en face d'elles, puis marqua une pause.

« C'est qu'il se fait tard », dit-il, tendant le cou en direction de l'horloge de grand-mère qui trônait sur le bureau.

Amélie ne lui fit pas remarquer qu'il avait une montre, ni qu'il avait déjà fait la même remarque à la fin du repas — et probablement aussi une ou deux fois auparavant. Il avait raison, la nuit était tombée, l'obscurité les enveloppait. Pour sa part, elle l'accueillait avec joie.

« On te fatigue, c'est ça, tu veux encore nous envoyer au lit ? se plaignit Matilda. On n'a pas cinq ans, tu sais…

— Ou bien c'est toi qui es fatigué, suggéra Laura avec un petit sourire.

— Tout courbaturé d'avoir tenu un pinceau toute la journée !

— Un rouleau à peinture…

— C'est pareil !

— Oui, j'avoue, l'ancêtre est fatigué, rétorqua Jean-Claude en riant. Vous ne voulez pas m'épargner dans mes vieux jours, les filles ?

— Mais on veut profiter de notre jeunesse ! gémit Matilda. Toute cette énergie qu'on gaspillerait en filant nous coucher maintenant, tu y as pensé ?

— La jeunesse a besoin de sommeil, tu sais, fit Amélie d'un ton docte. Il vous faut recharger vos batteries si vous voulez justement être en forme pour une nouvelle journée !

— Va dire ça aux fans de boîtes de nuit, pouffa Laura.

— Ah, écoute, chacun fait ce qu'il veut. Moi, je ne suis que la voix de la raison, je ne force personne à m'écouter…

— Tu sous-estimes ta propre influence, on dirait, soupira Matilda d'un air dramatique. Très bien, nous plions devant ta sagesse !

— Vous faites ce que vous voulez, ma chérie. Mais en tout cas, les vieux vont se coucher », déclara Amélie.

Sur ces mots, elle se leva, saisissant la main que lui offrait son mari.

« Toi aussi, tu te retrouves dans la catégorie des vieux, maintenant ? la taquina-t-il.

— On dirait bien que oui. Fini les folies pour moi ! » décréta-t-elle en se dirigeant vers la porte.

Elle monta l'escalier à pas vifs, sans se retourner, le

cœur battant et une excitation nerveuse lui nouant la poitrine, sachant qu'il la suivrait. Elle alla droit dans leur chambre, s'arrêta devant le lit un instant. Elle entendait ses pas qui se rapprochaient. Elle s'assit au bord du matelas, les mains posées sur ses genoux, la respiration légèrement accélérée. Il entra après elle et ferma lentement la porte.

Elle s'était déjà relevée ; en un éclair, elle s'imagina courant vers lui pour se jeter dans ses bras, presque comme dans un film, et sourit de son propre romantisme. Il s'avança à pas mesurés, les yeux dans les siens, et s'arrêta juste en face d'elle pour lui effleurer la joue.

« Ça va ? murmura-t-il.

— Mieux que jamais », répondit-elle.

Il montra la salle de bains d'un signe du menton, et elle acquiesça avec un petit rire, le regardant disparaître à l'intérieur. Chaque coup d'œil était une promesse.

Après une seconde d'hésitation, elle le rejoignit. Posément, elle se démaquilla devant le miroir tandis qu'il se brossait les dents, observant son propre visage resté pâle et sans artifice. Chaque geste qu'ils esquissaient était saisi par l'autre, même du coin de leur champ de vision. L'air qui les séparait en était troublé, parcouru d'une sorte d'électricité — de vibrations qui se répandaient comme des cercles concentriques sur de l'eau. Cette tension était délicieuse. Amélie se retourna et fit face à son compagnon de toujours. Ils auraient dû se changer, à présent, avant d'aller au lit. Cela ne serait pas nécessaire.

En passant devant lui pour retourner dans la chambre, elle lui saisit le poignet et l'entraîna avec elle. De nouveau, elle s'assit sur le lit, et le regarda se déshabiller, pliant ses vêtements avec des gestes lents, précis. Ses mains, ses yeux, sa peau découverte, il y avait tant à saisir qu'elle aurait pu le contempler encore et encore sans s'en lasser. Il s'avança et ses doigts lui effleurèrent les cheveux, se posèrent sur ses épaules, descendirent le long de son chemisier, frôlant ses seins au passage. Il retira le haut léger ; elle leva les bras pour l'y aider, et les passa ensuite autour de son cou, l'attirant tout près d'elle pour un baiser. Leurs lèvres se caressèrent, leurs souffles se mêlèrent. Elle se retrouva allongée, un poids familier, bien-aimé, pressé contre son corps sans encore y reposer totalement. Leurs doigts tremblants eurent du mal à défaire leurs ceintures, et ils en rirent, savourant cette intimité tant espérée, et pourtant revenue de manière si naturelle.

Les derniers habits tombèrent en quelques gestes. Leurs baisers se faisaient plus urgents, leurs mains plus avides. Chaque centimètre carré de peau était un univers à explorer et à redécouvrir. Amélie s'entendit gémir tout bas tandis que la bouche de Jean-Claude parcourait son cou, et elle sentit le frisson qui le parcourut à ce son infime. Ses lèvres descendaient, descendaient, rien ne pouvait les arrêter. Sur leur passage, des flammes éclosaient sous sa peau, des étincelles s'allumaient et se consumaient dans son ventre. Plus bas — le feu couvait, elle le sentait monter, frémissant. Elle n'avait pas peur de brûler tout entière, et elle s'abandonna.

Après une éternité, ou du moins c'était son impression, elle le vit se redresser — sa silhouette se détachant, grande et sombre, dans l'obscurité de la chambre — et se pencher sur elle. Elle s'agrippa à ses épaules, se collant contre lui, peau contre peau. Les formes de leurs corps s'épousèrent dans une harmonie parfaite, au point de ne plus savoir où se terminait soi, où commençait l'autre. Ils étaient un couple, un échange, une étreinte charnelle — un. Leurs mouvements étaient lents et tendres, réguliers comme une vague qui roule en caressant le sable. Amélie le serra plus fort, encore plus fort. Ils murmurèrent quelques mots d'amour décousus, le rythme de leurs deux cœurs, leurs deux souffles s'accélérant.

Alors même que les paupières de son mari s'étaient finalement étroitement closes, elle refusa de fermer les yeux, dévorant du regard son visage si près du sien, chacun de ses traits, ce mélange subtil de perte de contrôle et de tension vers un point culminant. Elle embrassa ses lèvres entrouvertes et l'entendit murmurer son nom tout contre sa bouche, d'une voix haletante qui la fit frémir. Ils étaient enlacés dans une véritable fusion, sans demi-mesure, sans la moindre retenue, et pourtant chaque seconde semblait les lier avec plus de force encore, comme ils cheminaient ensemble vers un abandon total, une délivrance ultime.

« Regarde-moi », souffla-t-elle.

Et il planta ses yeux dans les siens : elle y lut tout son amour, tout son bonheur, et une extase autant émotionnelle que physique, un reflet de son propre enivrement. Ils partagèrent ce moment et se laissèrent glisser ensemble, se perdant l'un en l'autre, oubliant tout. Rien n'existait de tangible que ses bras, son corps, son visage, sa chaleur, son poids sur elle. Une vague veloutée, irrésistible, l'emporta.

XIII.

Leur travail sur le bateau terminé, Matilda se retrouva de nouveau un peu livrée à elle-même. Pourtant, les activités ne manquaient pas ; la frénésie ambiante était certainement contagieuse. Les vacances touchaient à leur fin, ils en étaient tous conscients. Amélie traquait les objets personnels oubliés çà et là, et Laura leur faisait choisir à tous leurs préférées parmi ses photos, afin de pouvoir les leur envoyer par email. Cependant, personne ne parlait encore directement du départ, personne n'avait la moindre envie de s'en aller.

Malgré l'arrière-goût amer que lui avait laissé son expérience — avortée — avec Paul, Matilda ne faisait pas exception. À l'idée de partir, elle était prise d'un sentiment de mélancolie qui ne lui était guère coutumier. La vivacité et la gentille ironie de sa tante, les silences bienveillants de son oncle lui manqueraient ; les manies, les photos, les rires, les attitudes de Laura lui manqueraient. Bien sûr, elle les reverrait dès que possible (sans doute même rendrait-elle une petite visite surprise à sa cousine pour voir sa chambre d'étudiante), mais ce n'était pas la même chose. Ces deux semaines à se côtoyer, apprenant doucement à se connaître, avaient représenté un très grand partage. Bien que Matilda ne fût pas une sentimentale, elle savait qu'elle se les rappellerait à chaque fois qu'elle reviendrait dans cette maison — et elle comprenait, à présent, pourquoi son oncle paraissait si nostalgique de tous les vieux souvenirs qu'il y avait, tout particulièrement ceux concernant des êtres chers perdus par la suite.

Cependant, pour l'instant, tout n'était pas fini : il restait quelques jours dont ils comptaient bien profiter à fond, et en ce bel après-midi d'été, *La Houleuse* prendrait le large pour la toute première fois. Fidèle à sa promesse, Paul allait les emmener pour ce baptême maritime. Malgré sa réserve à l'égard du marin, Matilda ne pouvait s'empêcher d'être impatiente. Elle n'était plus montée sur un bateau depuis le début des vacances ; cela ne lui avait pas manqué jusqu'à présent, mais elle devait bien admettre que la perspective de le refaire l'enchantait. L'océan avait un charme bien à lui, un charme un peu rude, perturbant et très éloigné des plages lisses et touristiques, qui ne vous lâchait plus vraiment une fois que vous y aviez goûté. Elle avait beau le nier, Matilda y était tout particulièrement sensible. Le retrouver, à la fin de ce séjour, c'était comme boucler la boucle, d'une certaine manière.

Ils se mirent en route dans une bonne humeur un peu bruyante. Paul leur avait donné rendez-vous sur le petit port de plage d'où il avait l'habitude de prendre la mer ; Matilda ne s'y était encore jamais rendue. Le chemin était plus long qu'à l'accoutumée, et Laura ne cessait de prendre des photos. Matilda leva les yeux vers le ciel immense et sans nuage. Le soleil lui chauffait le dos, et la joie de vivre ambiante l'entourait comme un cocon.

Elle sourit, savourant ces simples sensations.

Arrivée en vue du port, la jeune fille étouffa une exclamation. Elle se rappelait avoir pensé, la première fois qu'elle était entrée dans le hangar, que *La Houleuse* était un bien imposant bateau, comparée à celui sur lequel elle était déjà montée. Cependant, la force de l'habitude aidant, elle n'y avait plus guère prêté attention par la suite, sinon pour se plaindre qu'il était bien fastidieux de poncer et de repeindre une telle surface. À présent qu'elle voyait l'embarcation à l'air libre, prête à se jeter dans les vagues, elle ressentait de nouveau cette impression de grandeur, de majesté, qui lui donnait presque le vertige.

La silhouette de Paul se détacha bientôt, allant au-devant du petit groupe. Tout à son exaltation, sa fierté, et oubliant la gêne, il rayonnait littéralement ; Matilda lui trouva des allures de prince vagabond. Cette idée fantasque, venue spontanément, la mit un peu mal à l'aise au début, mais elle était dénuée d'attirance ou d'amertume. Ce n'était qu'une simple constatation : la magie des vagues s'emparait déjà de Paul et le transfigurait presque. C'était là son bébé qu'il leur désignait avec orgueil, d'un ample geste du bras.

« Merci à tous, une fois encore, déclara-t-il. Sans vous…

— Tu nous l'as déjà dit, coupa gentiment Jean-Claude. Nous avons passé un très bon moment tous ensemble, et il est inutile de nous remercier encore une fois. Si on y allait ? Je crois que nous en mourons tous d'impatience. »

Comme en confirmation, un aboiement sonore retentit soudain, faisant sursauter Matilda : Alceste arrivait en courant sur eux. Il se frotta aux jambes d'Amélie avec de petits jappements enthousiastes, ce qui la fit rire.

« Couché, Alceste ! s'exclama Paul. Ce n'est pas grave, il est bien dressé, il n'essaiera pas de sauter sur le bateau ou de s'en approcher de trop près. Mais bon, mieux vaut quand même l'occuper pour être sûrs qu'il ne nous suive pas. »

Tandis que le marin fouillait dans ses poches à la recherche d'une balle, Laura s'agenouilla pour gratter l'animal entre les oreilles, ce qui lui arracha un gémissement joyeux. Matilda hésita, puis s'accroupit lentement, elle aussi, tendant une main incertaine pour caresser la bête. Alceste lui renifla les doigts, avant de les lécher avec enthousiasme ; elle eut un mouvement de recul, accompagné d'une grimace.

« Allez, amuse-toi avec ça », dit Paul en lançant le jouet qu'il avait fini par dénicher.

Alceste l'attrapa dans sa gueule et se mit à faire le fou comme un véritable chiot. Le petit groupe rit, attendri. Puis ils grimpèrent enfin sur l'embarcation, à la queue leu leu. Matilda monta à bord après Amélie, et avant Laura. Elle s'avança sur le pont, effleura le bastingage et contempla l'étendue des vagues. Elle avait le souffle un peu court.

« On largue les amarres ! » annonça Paul après quelques dernières vérifications.

Et très lentement, ils dérivèrent en direction du large. Matilda respira à fond l'air piquant et salé, ferma les yeux un instant. Elle sentait, sous ses pieds, le roulis paresseux, incessant des vagues, plutôt calmes ce jour-là. Elle souleva de nouveau les paupières. Amélie, à ses côtés, rayonnait. Elle échangea avec sa nièce un regard fasciné, brillant d'excitation, puis s'éloigna pour rejoindre son mari, qui se tenait un peu plus loin, vers le haut du bateau. Ils s'enlacèrent — un geste naturel, instinctif, pour partager ce moment de grâce.

Matilda eut un petit sourire en les voyant. De nouveau, Amélie semblait dégager une sorte de lumière intérieure, un bonheur tranquille, en harmonie avec le monde entier. Toute tension, toute réserve avaient également quitté le visage de Jean-Claude ; si sa nièce l'avait trouvé serein auparavant, il était à présent tout simplement comblé. C'était une sensation étrange, de percevoir autant de choses, des sentiments aussi intimes, juste en regardant les gens. La jeune fille se demanda si elle aurait été capable de s'en rendre compte auparavant. Les signes n'avaient jamais été si éclatants, et elle-même était probablement plus attentive.

Elle était contente de les voir aussi heureux, de les avoir découverts, contente qu'ils se soient retrouvés. Au moins, il y avait là quelque chose de stable, de solide, de vivant — une union profonde et que le temps n'avait pas défaite. Ils avançaient main dans la main, vaille que vaille. C'était sans doute exceptionnel, mais néanmoins possible. Les voir ainsi, tout simplement ensemble, la réchauffait à l'intérieur.

Elle aperçut la lumière d'un flash, tout au coin de son champ de vision. Elle tourna la tête, et Laura était là, braquant sur elle son appareil.

« Tu te trompes de modèle, lui dit-elle en désignant le couple.

— Pas du tout, rétorqua sa cousine. Je les ai déjà photographiés. Il fallait que je te prenne en train de les observer. Je voulais ton regard sur eux, à cet instant précis. »

Matilda se sentit rougir. Sa cousine aussi semblait avoir remarqué le changement qui s'était opéré en elle. Le regard de Laura était doux et chaleureux, et elle savait qu'elle n'y lirait aucune moquerie, mais seulement un sincère encouragement ; elle avait cependant bien du mal à le soutenir. Elle grandissait, semblait-il, mais elle se sentait surtout fragilisée, comme si elle laissait derrière elle, morceau après morceau, une carapace dont elle n'avait jusqu'à présent pas eu conscience.

« Alors, qu'est-ce que tu en dis ? demanda Laura, ses cheveux voletant dans la brise. Bien sûr, pas la peine d'en faire toute une histoire…

— C'est quand même fantastique, répliqua Matilda,

décidant brusquement d'être sincère. Enfin, je veux dire… C'est l'océan. On ne peut pas tellement y rester indifférent. »

Elles échangèrent un sourire.

Laura continua tranquillement ses photos — leur oncle et leur tante, Matilda, la mer, l'horizon, le bateau. Elle s'avança vers Paul, qui se tenait en retrait près du mât, pour le prendre lui aussi. Il se laissa faire, l'air mal à l'aise, tandis qu'elle lui tournait autour. Matilda commença par détourner les yeux, mais elle se sentait ridicule à faire mine de les ignorer. Elle finit par se rapprocher lentement. Sa cousine lui fit un clin d'œil, et Paul lui adressa un petit signe de tête. Elle s'appuya contre le bastingage pour se donner une contenance.

Laura papillonnait, tournait et se retournait ; on aurait dit que chacun de ses regards accrochait un détail, qu'il lui fallait ensuite saisir. Matilda ne put s'empêcher de rire en la regardant, et Paul, lui aussi, souriait d'un air indulgent. Voyant qu'il échappait de nouveau temporairement à l'attention de la jeune apprentie photographe, il en profita pour s'éloigner à pas lents, s'isolant une fois encore. Matilda l'observa tandis qu'il balayait son bateau des yeux, vérifiait encore, minutieusement, quelques détails qui échappaient au reste de l'équipage, puis s'accoudait au bastingage, un peu plus loin, et laissait son regard se perdre dans les vagues. Mue par une soudaine impulsion, elle s'avança vers lui, assez timidement.

« C'est une réussite, non ? » commenta-t-elle pour dire d'engager la conversation.

Visiblement pris au dépourvu qu'elle s'adresse à lui, il jeta un bref coup d'œil dans sa direction.

« En effet, confirma-t-il cependant d'une voix égale. Je savais que ce bateau serait magnifique, avec un peu de travail, mais… ça dépasse toutes mes espérances. »

Matilda ne fit pas semblant de comprendre exactement ce qu'il entendait par là, consciente qu'elle n'y connaissait rien et ne pouvait donc pas tout à fait se rendre compte. Comme le silence retombait entre eux, elle eut un moment de gêne, sachant ce qu'elle aurait voulu lui dire, mais ayant beaucoup de mal à aborder le sujet. Pour se donner du courage, elle tourna la tête et fixa son oncle et sa tante, à l'autre bout de l'embarcation. Amélie leva les yeux et lui sourit. Matilda prit une profonde inspiration.

« Je voulais juste m'excuser, dit-elle. D'abord pour toutes les fois où j'ai été désagréable, même si ça, je l'avais déjà fait auparavant. Et puis pour avoir parlé de… ce que j'avais remarqué… par rapport à ma tante. Je crois que ç'a fait plus de mal que de bien. Ç'a dû te… vous mettre très mal à l'aise, alors que vous n'aviez strictement rien fait. Vous ne méritiez pas ça. Je ne veux surtout pas que vous croyiez que j'essayais de me venger.

— C'était très compréhensible, murmura-t-il. Ça t'a choquée, et tu étais inquiète pour ta famille. Je ne t'en veux pas.

— Mais mon oncle et ma tante n'en auraient pas souffert du tout si je n'avais rien dit, ils sont redevenus très proches — et il paraît évident que de toute façon, vous n'auriez rien tenté de… déplacé. Je vous ai mal jugé… Je suis désolée.

— Ce n'est pas grave. C'est difficile de cerner les gens. Tu t'es trompée et tu te tromperas encore, ça fait partie de la vie. C'est comme ça qu'on avance. »

Son regard se posa, à son tour, sur Jean-Claude et Amélie, et un rictus tordit brièvement ses lèvres.

« Certains ont de la chance, et se trouvent. D'autres en ont moins, ou sont tout simplement moins doués, souffla-t-il. Ce n'est la faute de personne. »

Il secoua la tête comme pour se ressaisir, et dédia un petit sourire à la jeune fille.

« En tout cas, ne te sens pas obligée de recommencer à me vouvoyer juste parce que tu es gênée à cause de tout ça, plaisanta-t-il.

— Non, je voulais le faire, rétorqua Matilda. Avant, je croyais que le tutoiement permettait de se rapprocher, mais il en faut bien plus que ça. Et puis la distance, ça peut être bien aussi, parfois…

— Il y a du respect dans le fait de garder une distance, commenta Paul. Ça n'empêche pas forcément toute complicité, au contraire. Je trouve que ça conserve un certain mystère, une prévenance aussi. On ne considère pas l'autre comme un acquis, un proche à qui on tape sur l'épaule et qu'on ne regarde que trop vite, en passant.

— C'est sûrement vrai… Même si tout le monde ne voit pas ça de cette façon.

— C'est sûr. Chacun adopte ses attitudes en y mettant quelque chose de complètement personnel, en fonction de son vécu, sa sensibilité… Et il faut de l'intuition pour percevoir toute cette complexité, mais surtout du temps. Les conventions sociales ont beau exister, on n'en a toujours pas sorti un manuel exhaustif, à la "Décrypter autrui pour les nuls"… Personnellement, il y a des jours où ça me rendrait bien service ! »

Ils eurent un rire bref, un instant de connivence. C'était agréable, songea Matilda, de partager une complicité temporaire, sans arrière-pensée — de prendre les choses comme elles venaient. C'était agréable d'écouter les opinions parfois un peu abstraites, un peu pessimistes, de Paul. Le vouvoiement lui convenait mieux qu'à quiconque. Il était si lointain — comme détaché, flottant stoïquement au gré des vagues et des événements.

« J'aurais bien aimé mieux vous connaître, osa-t-elle lui dire. Et je ne parle pas de ce que j'ai dit sur la plage. Je pense que j'ai tout pris de travers. Je suis partie dans la mauvaise direction. »

Elle chercha ses mots. Il semblait avoir envie de l'interrompre ; il en avait probablement assez de l'entendre s'excuser et s'excuser encore. Il était vrai que cela ne les avançait en rien. Elle avait cependant besoin d'exprimer ces regrets, bien que ce fût difficile. Elle avait fait sur Paul une véritable fixation, le détestant d'abord, puis ne se focalisant que sur son attirance pour lui, comme s'il était un objet, un jouet et elle une enfant capricieuse. Elle était complètement passée à côté de qui il était. À présent, elle repartirait bientôt, et il était la seule zone d'ombre demeurée au cœur de ces vacances familiales.

« Ça ne sert pas à grand-chose d'avoir des regrets, dit-il d'un ton bourru. Il faut juste avancer. »

Elle hocha la tête.

« C'est ce que je fais toujours en général, remarqua-t-elle. Mais il faut tout de même… se rendre compte.

— Bien sûr, murmura-t-il. Je ne suis pas en position de te juger… Tu es très jeune. Tu as tout le temps de te tromper et d'en tirer les conséquences. »

Elle fit la grimace.

« Oui, je suis jeune. Immature, aucune expérience, marmonna-t-elle. Je le sais. J'ai encore tout à apprendre, pas vrai ?

— Profites-en, répondit-il sobrement. Être jeune ne veut pas forcément dire être vierge de cicatrices, mais effectivement, tu n'as pas un lourd vécu derrière toi. Ne t'imagine pas que ce n'est qu'un manque. Il ne suffit pas de faire des erreurs pour en apprendre quoi que ce soit… Les années, c'est d'abord un poids, surtout quand on n'en a pas fait ce qu'on aurait voulu. Il faut se battre pour en tirer une force. Alors ne sois pas trop pressée, demoiselle. »

Elle sourit machinalement à ce surnom qu'elle avait presque oublié, mais déglutit, appréhendant pleinement la gravité de ces mots. Elle planta son regard dans les yeux sombres de Paul, et il détourna la tête après un bref moment. Perturbée, elle resta debout auprès de lui, silencieuse.

« Ta cousine est en train de nous prendre », finit-il par déclarer.

Matilda chercha Laura des yeux. Effectivement, la jeune fille était tournée vers eux, son appareil levé, et lui adressa un petit signe de la main.

« Si tu allais la rejoindre pour détourner un peu son attention ? Tu me rendrais un fier service », poursuivit Paul.

Matilda hésita. Elle regarda les doigts du marin, serrés autour du bord de son bateau. Remarquant son attention, il tapota la coque.

« Laisse le vieil ours avec sa seule compagne, plaisanta-t-il.

— Pas si vieux que ça… »

Il lui adressa un clin d'œil, et elle acquiesça, lui tournant le dos pour se diriger vers Laura. Derrière cette dernière, elle apercevait les silhouettes de Jean-Claude et d'Amélie, toujours toutes proches. Elle les rejoignit, et se pencha par-dessus l'épaule de sa cousine pour voir les multiples photos. Entre le ciel, la mer et les visages, on ne savait trop où poser les yeux, sur quoi se concentrer. La lumière était éclatante, les images vibrantes de vie. Elle arriva aux clichés qui la représentaient, appuyée contre le bastingage, un peu hésitante — la haute silhouette tendue de Paul campée à quelques pas d'elle. Sa gorge se noua un peu, elle n'aurait su dire pourquoi.

« C'est superbe, non ? murmura Laura. J'ai l'impression de voir le monde autrement. »

XIV.

Laura effleura ses affaires, soigneusement pliées et rangées, du bout des doigts. Elle les passa mentalement en revue pour la énième fois, referma, puis rouvrit sa valise. Elle fouilla dans son sac et y trouva son appareil. Tout était prêt. Elle le savait. Il était temps.

On frappa doucement à la porte. Laura imagina Amélie sur le seuil, mais en se retournant, ce fut Matilda qu'elle trouva devant elle. Sa cousine entra, jeta un coup d'œil alentour avec un petit sourire.

« Tu es bien plus douée que moi pour les bagages. Remarque, je m'en doutais déjà !

— Je n'arrête pas de tout vérifier et revérifier depuis un quart d'heure, c'est terrible !

— Juste un quart d'heure, tu es sûre de ça ?

— Oh, ça va, s'exclama Laura, et elles pouffèrent toutes les deux.

— Oncle Jean-Claude est prêt et la voiture aussi, annonça Matilda. Tu veux un coup de main avec la valise ?

— Non merci, ça ira, répliqua distraitement Laura, balayant la pièce du regard.

— Je te laisse, alors ? »

Elle tourna la tête pour regarder sa cousine. Cette

dernière s'était reculée et la fixait avec un petit sourire interrogateur. Elle semblait avoir compris que Laura avait du mal à partir, qu'elle retardait le moment, contemplant cette chambre où elle avait passé deux semaines. Elle était là, mais lui offrait aussi de la laisser seule, si elle voulait.

Laura lui saisit la main, la surprenant visiblement un peu.

« Non. On y va, déclara-t-elle, en s'avançant vers la porte d'un pas déterminé.

— Tu n'oublies rien ? »

Laura piqua un fard et retourna prendre sa valise.

Elles descendirent l'escalier ; Jean-Claude et Amélie les attendaient dans l'entrée. Il s'empara tout de suite des bagages de sa nièce, et fila les mettre dans la voiture. Amélie serra Laura étroitement contre elle.

« Prends soin de toi, lui dit-elle. Tu nous téléphones ?

— Bien sûr, répondit la jeune fille.

— Et nous, on se voit bientôt ! » claironna Matilda, d'un ton qui ne souffrait aucune contradiction.

Laura rit, contente.

Elles sortirent dans le jardin à pas lents. Il faisait beau ; d'habitude, ils auraient passé une telle journée sur la plage. Laura se retourna vers la maison.

« Pas de dernières photos ? s'enquit Amélie.

— Non, je les ai toutes prises d'avance, répliqua

Laura. Je n'arriverais jamais à partir sinon ! »

Elle embrassa rapidement sa tante et sa cousine sur la joue, les serra dans ses bras, avant de se glisser à l'avant du véhicule. Elle tourna la tête vers Jean-Claude ; il lui sourit, avant de démarrer. Les silhouettes de Matilda et d'Amélie devinrent rapidement de plus en plus petites. Elle leur fit signe jusqu'à ce qu'ils aient pris le virage.

« Tu es contente de ton séjour ? » demanda doucement son oncle.

Elle lui sourit.

« Enchantée, répondit-elle avec chaleur. J'ai vraiment adoré passer plus de temps avec vous tous. Il faudra remettre ça.

— Il y a toujours l'été prochain ! Mais ta cousine et toi, vous aurez sans doute d'autres projets, dit-il avec un petit rire.

— On arrivera toujours à se libérer une semaine ! rétorqua-t-elle.

— Je te rappellerai cette conversation le moment venu, jeune fille ! »

Il y eut un moment de silence. Laura regardait son oncle conduire, en pensant à son arrivée sous la pluie, à tout ce temps passé dans la maison, sur la plage, tous ces instants précieux dont elle se souviendrait. Jean-Claude ne fit pas d'autres commentaires, la laissant en tête-à-tête avec ses pensées — et restant lui-même avec les siennes, probablement.

Ils arrivaient en vue de la gare. Le moment de la séparation se rapprochait, ils en avaient l'un comme l'autre conscience. Il se gara et ne bougea pas tout de suite ; elle non plus.

« Merci à toi, tout particulièrement, lui dit-elle. Ça m'a vraiment fait plaisir de mieux te connaître, et je sais que ça n'a pas dû être facile, de partager avec moi tes souvenirs. Ça me touche que tu aies fait ça pour moi.

— Je l'ai un peu fait pour moi aussi, répliqua-t-il. Je voulais te faire ce cadeau, mais ça m'a également libéré, d'une certaine manière. »

Ils se sourirent.

« Prends bien soin de toi, Laura, lui dit-il gentiment. Tu es forte et sensible, une précieuse jeune personne. Ne l'oublie pas. Vis ta vie à fond. Ton père serait fier de toi, ma chérie. »

Quelques larmes montèrent, sans que son sourire ne disparaisse. Son oncle lui pressa la main et Laura hocha la tête avant d'ouvrir la portière. Ils se hâtèrent vers le quai de la gare, déjà bousculés par la foule. Ils étaient entourés d'au revoir, de fragments de vie entremêlés. Laura aurait pu en tirer quelques photos intéressantes, mais elle choisit de rester focalisée sur le visage de son oncle.

Arrivée devant son train, elle se haussa sur la pointe des pieds pour l'embrasser sur le front, le prenant par surprise. Puis elle fila sans se retourner.

« Au revoir, lança-t-il derrière elle.

— Au revoir ! » cria-t-elle par-dessus son épaule.

À l'intérieur, elle s'essuya les yeux et se concentra sur la sensation de chaleur dans sa poitrine, sur la joie qu'elle conservait précieusement en elle, et l'avenir qui s'étendait au-devant. Ça faisait toujours mal, les séparations, mais elle avait appris à surtout garder les bons moments, s'y accrocher de toutes ses forces. De ce séjour, elle en tirait de multiples, et elle en avait encore bien d'autres à espérer. Laura serra étroitement entre ses mains la poignée de sa valise. Un chapitre se terminait, un autre pouvait débuter.

Matilda lança, un par un, les galets qu'elle tenait serrés dans sa paume. Ils filèrent au loin et percutèrent les vagues. Pas de cercles dans cette immensité mouvante, qui ne semblait guère se soucier qu'une jeune fille lui jette des cailloux. Elle n'en ramassa pas d'autres, resta juste plantée là, les mains à présent fourrées dans ses poches, à contempler l'océan. La brise faisait voleter ses cheveux.

Sa cousine lui manquait et le départ était proche. Le véritable départ, cette fois-ci : la maison fermée, les vacances terminées. Jean-Claude et Amélie la déposeraient chez elle sur leur chemin. Ces deux semaines avaient filé, et il était temps de revenir à la vie normale. Cela lui faisait une impression étrange, elle se sentait comme suspendue, un peu perdue, dans l'incertitude. Il lui semblait avoir changé et cela la perturbait.

Elle se détournait, prête à rentrer, lorsqu'un aboiement la fit sursauter : c'était Alceste. Son cœur bondit dans sa poitrine ; elle scruta le chemin que dévalait l'animal, puis la plage, mais ne discerna aucune silhouette. Le chien se précipitait vers elle. Elle hésita, mais tendit la main pour le caresser lorsqu'il fut arrivé à sa hauteur. Elle enfonça lentement ses doigts dans l'épais et doux pelage.

« Et alors, tu es tout seul ? murmura-t-elle. Il te laisse assez libre, non ? »

Elle lui gratta la tête, gardant les mains à distance de sa gueule pour éviter tout coup de langue. Elle aurait bien aimé voir son maître encore une fois. Il lui laissait un goût d'inachevé, et une dernière conversation lui aurait peut-être permis de mieux le comprendre… ou peut-être pas. Elle n'en savait rien, au fond ; elle aurait juste aimé essayer. Il resterait un mystère.

Matilda ébouriffa une dernière fois les poils du chien avant de s'écarter d'un pas. Il jappa et revint se fourrer dans ses jambes, mais finit par la laisser s'en aller. Elle ne put s'empêcher de sourire. La bestiole était envahissante, mais vraiment adorable.

Elle reprit lentement le chemin de la maison, seule.

Le trajet était devenu familier : ici, elle avait écouté Laura lui parler de son père, toutes deux recroquevillées sur un rocher. Là, elle avait croisé Paul, un soir, et l'avait accusé de la suivre. Les photos de Laura avaient immortalisé beaucoup d'autres instants, et celle-ci lui avait promis de lui en envoyer. Elle les garderait précieusement — même si, telle qu'elle se connaissait, elles finiraient sûrement disséminées dans des sacs ou des livres, ou bien regroupées dans une enveloppe (elle-même fourrée dans un tiroir ou traînant sous son lit), plutôt que bien rangées dans un album ou punaisées à un mur. Elles n'en auraient pas moins d'importance pour autant. Matilda n'était sans doute pas une sentimentale, mais elle savait ce qui comptait vraiment pour elle. Ce chemin, parcouru si souvent, cette maison, cette plage — elle ne les oublierait pas. Les personnes qu'elle avait appris à connaître ici encore moins.

Arrivée à destination, la jeune fille traversa le jardin et se glissa à l'intérieur. Elle aurait dû monter dans sa chambre pour faire enfin sa valise, elle le savait, mais elle n'avait jamais été du genre prévoyant. Ce n'était pas maintenant que cela allait changer, se disait-elle, refusant d'admettre qu'en réalité, se préparer pour le départ était quelque chose qu'elle ne souhaitait faire qu'au tout dernier moment. Ramasser ses affaires, vider les lieux, effacer les traces de sa présence — cette idée lui répugnait au plus haut point. C'était reculer pour mieux sauter, elle en était consciente. Son attitude était sans doute infantile. Elle haussa les épaules. Pour cette fois, elle pouvait bien être indulgente avec elle-même.

Prise du désir de se laisser distraire par une voix ou un visage familier, Matilda entra dans la salle de séjour à la recherche de son oncle et de sa tante. Au début, elle crut qu'il n'y avait personne, mais elle entendit bientôt remuer dans la cuisine. S'approchant, elle les aperçut par la porte entrouverte et s'immobilisa. Ils se tenaient côte à côte, Jean-Claude fouillant dans un placard tandis qu'Amélie, adossée au plan de travail auprès de lui, le regardait faire avec un petit sourire. Matilda s'apprêtait à entrer lorsque sa tante tendit une main et passa ses doigts dans les cheveux de son mari, riant à un commentaire qu'il venait de faire. Jean-Claude tourna légèrement la tête vers elle, un fin sourire aux lèvres, et ils échangèrent un regard — rien qu'un regard.

Presque à l'entrée de la pièce, l'adolescente resta figée une seconde, sans vraiment comprendre ce qui l'avait arrêtée dans cette scène banale, familière. Puis elle vit le bras d'Amélie glisser autour du cou de son époux, maintenant le contact visuel — et sans réfléchir, elle tira de sa poche son portable et le leva devant elle. C'était tout ce qu'elle avait, et elle réagit juste à temps. La seconde suivante, sa tante s'était écartée, ils échangeaient un baiser rapide, chaste, puis revenaient chacun à leurs occupations, s'affairant pour préparer le départ. Matilda recula à pas de loup, quitta la pièce et gravit rapidement l'escalier. Ce ne fut qu'une fois arrivée dans sa chambre qu'elle s'arrêta et regarda l'écran de son téléphone.

Sur la petite image un peu floue, la complicité d'un instant était saisie, immortalisée. Les yeux d'Amélie brillaient. Matilda songea à sa cousine, et rit toute seule. Elle se trouvait bien influençable, d'un seul coup, mais cela ne la dérangeait pas. Elle était encore jeune, et il y avait pire ascendant que celui de Laura. Elles pouvaient être proches, tout en restant elles-mêmes, tellement différentes. Elles pouvaient être ce qu'elles voulaient. Elles étaient libres et en construction.

Matilda balaya sa chambre en désordre du regard, et se laissa tomber sur le lit. Elle partirait bientôt, mais cet endroit resterait gravé en elle, et elle pourrait y revenir. Son instant de nostalgie passé, elle ferma étroitement les yeux et respira à fond. Elle se sentait vivante.

À propos de l'auteur

Guillemette Allard-Bares est traductrice et auteur. *La Houleuse*, son premier roman, reflète son goût pour la psychologie et la littérature. Il sera bientôt suivi par *Funambules*.

Après avoir débuté en traduisant les thrillers surnaturels de l'auteur américain Scott Nicholson, elle se lance aujourd'hui dans la publication de romans libres de droits et inédits en France afin de faire découvrir à un public plus large ces œuvres méconnues. *L'Allée des disparus* d'Anna Katharine Green, un roman policier de la fin du XIXe siècle, est le premier de ces projets.

Vous pouvez suivre Guillemette Allard-Bares sur son blog : https://guillemetteallardbares.wordpress.com.

L'Allée des disparus

d'Anna Katharine Green

traduit de l'anglais par Guillemette Allard-Bares

Dans un petit village de montagne, de mystérieuses disparitions s'enchaînent sans aucune logique visible... On croirait que les gens disparaissent de nulle part, et toujours sur cette même route lugubre ! On la surnomme même maintenant l'Allée des disparus. Un vrai casse-tête pour l'inspecteur Gryce, mais voilà qui ne concerne en rien son ancienne associée Amelia Butterworth. Oui, mais sur cette même route vivent les trois orphelins de sa vieille amie Althea Knollys... Il faut protéger ces jeunes innocents — mais leur innocence est-elle bien sûre ? Que cachent la si calme Loreen, l'arrogant et grossier William... ou la si frêle, si délicate Lucetta, toujours hantée d'un air de terreur ? Et surtout, que cache leur sinistre vieille maison où des choses bien étranges semblent se tramer ?

Découvrez un extrait...

Le couloir où j'étais entrée était si sombre que pendant quelques minutes, je ne pus rien voir d'autre que la silhouette indistincte d'une jeune femme au visage très pâle. Elle avait émis un quelconque murmure en réponse à mes paroles ; cependant, pour une raison inconnue, elle demeurait étrangement silencieuse et semblait, si ma vue ne me trompait pas, regarder en arrière par-dessus son épaule plutôt que de poser les yeux sur le visage de l'invitée qui s'avançait vers elle. C'était singulier ; mais avant que j'aie pu tout à fait m'expliquer la cause de son inattention, elle se reprit d'un seul coup. Ouvrant grand la porte d'une pièce adjacente, elle laissa alors entrer un flot de lumière, qui nous permit de nous voir et d'échanger les salutations appropriées pour l'occasion.

« Miss Butterworth, murmura-t-elle, dans un effort presque pitoyable pour se montrer chaleureuse. Nous sommes si heureuses de recevoir la visite d'une vieille amie de notre mère. Voulez-vous… voulez-vous vous asseoir ? »

Que cela signifiait-il ? Elle m'avait désigné un siège dans le salon, mais son visage était de nouveau détourné, comme irrésistiblement attiré par quelque secret objet de crainte. Y avait-il quelqu'un ou quelque chose en haut de l'escalier sombre que je distinguais vaguement au loin ? Il n'eût pas été convenable que je pose la question, pas plus qu'il n'était sage de laisser voir que je trouvais son accueil bien étrange. M'avançant dans la pièce qu'elle me montrait, j'attendis qu'elle me suive, ce qu'elle fit avec une réticence évidente. Mais une fois qu'elle eut quitté l'atmosphère du couloir, ou se trouva hors de vue et de portée de voix de ce qui pouvait l'effrayer, son visage s'éclaira d'un sourire qui lui attira immédiatement mes faveurs. Il donnait à son apparence très délicate, qui, jusqu'à cet instant, n'avait pas suggéré la moindre ressemblance avec sa mère, un charme piquant et une fascination subtile qui n'étaient pas indignes de la fille d'Althea Burroughs.